王祥夫作品

金属脖套

王祥夫　著

山西出版传媒集团
北岳文艺出版社
BEIYUE LITERATURE & ART PUBLISHING HOUSE

图书在版编目(CIP)数据

金属脖套 / 王祥夫著. — 太原：北岳文艺出版社，2017.6

ISBN 978-7-5378-5201-2

Ⅰ.①金… Ⅱ.①王… Ⅲ.①短篇小说—小说集—中国—当代 Ⅳ.①I247.7

中国版本图书馆CIP数据核字(2017)第085808号

书　　名　金属脖套
著　　者　王祥夫
责任编辑　马　峻
书籍设计　张永文

出版发行　山西出版传媒集团·北岳文艺出版社
地　　址　山西省太原市并州南路57号
邮　　编　030012
电　　话　0351-5628696(发行部)
　　　　　　0351-5628688(总编室)
传　　真　0351-5628680
网　　址　http://www.bywy.com
E-mail　bywycbs@163.com
经 销 商　新华书店
印刷装订　山西人民印刷有限责任公司

开　　本　787 mm×1092mm　1/32
字　　数　132千字
印　　张　9.875
版　　次　2017年6月第1版
印　　次　2017年6月山西第1次印刷
书　　号　ISBN 978-7-5378-5201-2
定　　价　49.00元

短篇小说的魅力在于由容积带来的种种限制。如果说长篇和中篇是让人们来看，而短篇却是让人们来想。你面对一个短篇，一是不要希望它给你更稠密的故事；二是短篇太像是一颗手榴弹，看上去是小小的一颗，炸开来却是一大片，烟雾腾腾鬼哭狼嚎的。但一般读者更希望看到一个弹药库在那里，有琳琅满目的内容，这一点，短篇小说永远也办不到。短篇小说恐怕难以以宽广取胜，但可以深，是一眼细细的深井，让人一下子看不出它有多深。

序

嗨，王先生

周朝军

上周，王先生给我打电话，他在电话里嘻嘻哈哈地笑着说，嗨，三儿，你来给我的小说集写点东西吧，以你90后之眼看50后之文，你说好不好玩，你说好不好玩，三儿，90后写50后，你说好不好玩。接着王先生在电话里又是笑个不停。王先生真是个好玩儿的人，好玩的人让我写点好玩的东西，我高兴还来不及，又怎么会拒绝。

怎么说呢，王先生有很多“酒友”，就是那种在酒场上大碗喝酒大块吃肉的朋友。假如你今晚和他喝过了酒，酒足饭饱回到家中，一个饭嗝打上来，你定会想，嗨，这个王先生，真有意思，这次喝得可真是好，下次，下次喝酒是什么时候呢？你或许已经在想着下次了。所以在王先生的酒友里，很少有一锤子买卖的，你今晚和他喝过了酒，明天一定还想找他喝，明天与他喝过了，你后天铁定也还会想他。王先生喝酒之前总会说，今天我要少喝一点。可是，只要有好朋友在，只要他一喝起来，往往是谁都不会比他喝得多。于是，对于同样喜欢喝酒的我来说，十年前我成了他小说的粉丝，十年后，因酒结缘，我成了他无话不说的酒友。是的，我就是王先生最小的那个酒友，我们曾在一起接连喝了五天。那五天，我们喝得风卷残云，喝得花枝乱颤，喝得五洲震荡风雷激，我们喝完了白酒喝红酒，喝完了红酒喝绍兴酒，连祥夫老兄家的两只猫都醉了。

当然，平心而论，抛开酒友这层关系，单纯论及王祥夫作品本身，我依然很难抑制住对他作品的喜爱。如果你现在问我，在当下中国文学界，谁的短篇小说写得最好，我恐怕抓破脑壳也给不了你答案；但是你如果继续问我，在当下的中国文学界，谁的短篇小说比王祥夫写得更好，对不起阁下，我依旧是抓破脑壳也给不了你答案。是的，王先生无疑是当下中国短篇小说写得最好的人之一，如果您觉得在“之一”这个队伍里还可以留出一些空间，我只想留给苏童、刘庆邦、王安忆，如果您还有其他人选，对不起阁下，我实在没有更多选项了。一直以来，文学界把王先生的作品归入底层文学的范畴，认为他对于底层民众有着持久而深入的关怀。我不否认这种指认，但这种观点未免隔靴搔难中要害。在我看来，王先生之所以热衷于写底层人民的日常生活，根本原因在于，王先生有两只洞穿百丈红尘的眼睛，芸芸众生的凡俗生活即是他取之不尽的小说富矿。他小说中的人，就是你，就是我，就是我们周围的张三李四；他小说中的事，就是你昨天干过的，或是我今天正在做的。我想每一座城市的城乡接合部都会有着一群这样的“朋友”，他们是“A型血”“爱吃臭豆腐”，也爱吃“榴梿”，他们住在“油饼洼”的“六户底”，他们用“五张犁”耕种“菜地”，与“半截儿”“比邻”而居，他们知道“澡堂不是洗澡的地方”，他们见过“猪王”，也见过牛王变成“牛皮”，他们“发愁”，他们“心乱如麻”，他们羡慕“老黄的幸福生活”，他们说“疼痛都在看不见的地方”，他们不喜欢“看戏”，不喜欢“音乐”，他们说“为什么不去跳舞”，他们在别人的“婚宴”上喝得犹如“一地烂泥”，酒后“惊梦”，用“锥形铁”给自己做一个“金属脖套”，他们乘着“氢气球”“驶向北斗东路”，去关注“顾长根的最后生活”……

我不否认王先生是底层文学的书写者，但是，与其他作者的底层书写不同，王先生的小说多了一份淡然与平和，多了一份宁静与狡黠。作为日常生活的观察者，他对普遍价值和底层群体发言人的角色并不感冒，他的作品有着强烈的个人色彩，对日常生活本身的兴趣远大于自身虚构的能力，他把真实的笑与悲原封不动地呈现给读者。

这些平凡的不能再平凡的人和事，于你，于我，都是过眼烟云，可是把这些东西写成精妙绝伦的小说的，不是你，不是我，而是王先生。王先生时刻在用他的小说证明着这一点：短篇小说重要的不是写什么，而是怎么写。作为小说家的王先生，何以如此迷恋生活的本真状态，鄙人认为，是因为我们在谈论王祥夫先生的作家身份的时候，往往忽略了他的画家身份，忽略了他的家学渊源。这些因素让他从一个作家的自我认知中豁然跳出来，以一颗宽容的心看待这个世界的美丽与丑恶。

几乎是，也当然是，王先生，他的画家身份与家学渊源，让王先生继承了中国古典小说，尤其是话本小说、笔记小说的传统，在小说创作中将闲笔与留白运用得出神入化。谈及这些，人们又想当然地拿他与汪曾祺相提并论。有人说王祥夫是汪曾祺文脉传人，关于这一点，作为酒友的我和王先生小说粉丝的我实难苟同。论及两者，就好比他们的姓氏一般，汪曾祺文章的气质是高邮湖，是大淖，是潺潺的水，而王祥夫虽然写的也是底层，骨子里却一如他的出身，一如他的古玉琳琅沉香袅袅的家庭，充满了逼人的王者风范。如果说汪曾祺是革命时代的士大夫，那么王祥夫先生就应该是商业时代的士大夫。

如果硬要把王先生和某位作家扯上些关系，我想这个人绝不应该是汪曾祺，而应该是远在大洋彼岸的美国20世纪最伟大短篇小说家雷蒙德·卡佛。20世纪的文学作品浩如烟海，人们对如此浩如烟海的文学作品究竟应该先读些什么，这个我不知道，但是我亲爱的朋友们，我们的双脚既已站定在21世纪的大地上，那么就请读读王祥夫吧。

或许这真是个很不错的主意，读王祥夫，做一个有趣的人。

目录

厨子木头棍　/1
氢气球　/19
惊梦　/48
六户底　/65
金属脖套　/78
一地烂泥　/106
帽子桥　/124
登东记　/145
红骨髓　/162
户外活动者　/172
窗户人　/187
河南街　/201
真是心乱如麻　/221

疼痛都在看不见的地方　/238
澡堂就不是游泳的地方　/255
金属哨　/279

跋　/297

厨子木头棍

快到中午的时候，王建国不得不去了一下厨房，厨房的窗子很大，几乎一面墙都是玻璃，从窗子里可以看到对面楼的红瓦顶。外面阴着，但还是很热，这种天气最好是来点冰镇啤酒，王建国想好了，他要给自己来一个糖拌西红柿，这个菜很好做，简直是鬼也做得来。然后再切一根哈尔滨红肠，那种又粗又长的红肠味道很对王建国的胃口，王建国喜欢吃这种红肠的时候再来些大蒜，大蒜和红肠放在嘴里一起嚼。喝啤酒有这样两个菜其实就差不多了。主食呢，王建国准备把端午节女朋友送来的粽子热一下就行，冰箱里冻着一大袋肉粽，王建国很爱吃这种肉粽。现在，王建国的家里只有王建国一个人，房子很大，是两层，楼下那一层有一个大客厅，一个厨房，三个卧房和两个卫生间。楼上那一层小一些，有两个卧房，一个卫生间还有两个储藏间，其中一个储藏间在好几年前被王建国改成了衣帽间。衣帽间里当然都是衣帽，那些长长短短的衣服都挂在那个架子上，几乎都是王建国爱人的衣服，爱人临离开家时还在架子上遮了很大一块旧窗帘，旧窗帘没用了，但正好用来当苫布。现在王建国就一个人住在这套两层的房间里，当然还有那三只猫。一想到这三只猫王建国就心烦，要不是猫，王建国也许早就不在这个城市里居住了，但他又不可能带着三只猫到处跑。有人劝过王建国把猫送人或者干脆把它们放掉。

“那可是三条命！”王建国当时就生了气。

“还是你舍不得嘛。”朋友说。

“这只，十岁！那只，五岁！黑猫三岁！”王建国说它们只会在楼顶上散步，放出去就死路一条。“到时候它们都只能被活活饿死。”

快到中午了，王建国得给自己弄点吃的了，他要先把红肠切出来，然后再把粽子放在微波炉里稍微热一下。这时候外面门响了，有人敲了两下，停停，又敲了两下，王建国拿不准会是谁在外面。他迟疑一下，还是去开了门。

就这样，木头棍又从外边进来了，木头棍长得又瘦又高，人们就都叫他木头棍。不管天气有多么热，木头棍总是戴着他的棒球帽子，有好多次，王建国对木头棍说你怎么在厨房里都戴着帽子，厨房里又没有太阳。这么说的时候王建国就又想起那个姓刘的校长来了，王建国那时候还在学校里工作，学校的澡堂和食堂离得不远，从食堂的后门出来走几步就到了。食堂的后门到澡堂之间是食堂的菜地，种了些茄子西红柿什么的，还有灰绿灰绿的大葱。那时候王建国总是先去澡堂洗澡然后再去食堂吃饭，学校的澡堂也不能说有多么大，但学生和老师们都混在一起洗，水"哗啦哗啦"地流着，当然那是淋浴喷头，当然校长也会到这地方来洗。洗澡的时候王建国总是习惯把眼镜戴着，而有一次那位姓刘的校长就突然问了他一句，"洗澡怎么还戴眼镜，你看什么?"这句话简直是让人猝不及防，王建国被窘得够呛。要是有人这么在澡堂里问你，你肯定也会像王建国一样不知所措。但戴眼镜的人就是这样，他们一旦习惯了戴眼镜就总是不想把它摘下来，一旦摘下来，许多不适应就会紧跟着而来，比如头会有那么点晕，比如有时候连食欲都会降低，甚至于，有人在做爱的时候都戴着眼镜，动作快起来的时候还要时不时抬起手来扶眼镜，这真是很麻烦的事。王建国有许多副眼镜，有一阵子王建国热衷于给自己配眼镜，只要一见到喜欢的眼镜框他就要配。王建国的电脑桌左侧的那个抽屉里边就有十多副眼镜。但最贵也是最好的一副是大卫·杜夫，这个牌子来头可真是不小，除此，王建国还有一把很漂亮的木头椅子，很矮，很宽，坐上去很舒服，就放在一上楼正对着电视的那地方，也是大卫·杜夫，这可真是大的不能再大的名牌，所以也贵，一把椅子都差不多四千了，只差十几块钱。“知道不知道这副眼镜是大卫·杜夫的?”王建国还问过木头棍，木头棍那天正拉开他的抽屉找东西，是在找一把改锥，因为厨房的一个炒锅把子上的一个螺丝掉了，那颗螺丝总是掉，炒菜的时候炒锅总是在木头棍的手里左左右右地晃来晃去。“你在这地方找什么改锥!”王建国对木头棍说改锥什么的都在楼下大厅的抽屉里，你去那地方找，别在我这里乱翻。其实木头棍并不是在找改锥，他东翻西翻，其实是什么都不找，他就是有事没事总喜欢和王建国在一起待着。有时候他们之间一句话都不说，王建国做王建国的事，王建国的事也就是在电脑上查东西或在那里打字，木头棍就在旁边一边看着王建国在电脑前打字一边抽烟。木头棍的坐姿总是那样，一条腿架在另一条腿的上边，再把一条胳膊支在架起的那条腿上，身子朝前探，这么一来他就像是哈着腰，身子朝前倾，像一只飞翔中俯冲的大鸟。

“好在我这个家不禁烟。”王建国对木头棍说。

“这就好。”木头棍笑着说。

“你别得意，哪天我就要禁止在家里吸烟。”王建国说。

木头棍就“哈哈哈哈”笑起来，其实王建国的话并不可笑，只不过是一句普通的话，但木头棍就能笑老半天。有时候王建国就会很不高兴，扬扬胳膊把木头棍赶到楼下去，说你到楼下看你的电视去，别影响我。或者你想去哪就去哪，到做饭的时候再来。王建国这么说的时候木头棍肯定会看一看挂在墙上的那个不太大的小吊钟，说，时间快到了，我总不能现在回一趟家过一会儿再来。木头棍说要是这样的话我吃不胖都跑瘦了。那你就到下边去看电视。王建国说，希望你不要总是待在我身边。王建国把这话都说了出来，但木头棍动一动身子了吗？木头棍根本就没动身子，还在抽烟，一边抽烟一边嘻嘻笑着对王建国说，你做你的，我看我的，我又不影响你。木头棍这么说话的时候根本就让人猜不出他和王建国是什么关系，一般的人也都猜不出木头棍和王建国是什么关系。来王建国家的人都猜不出木头棍仅仅是王建国家里的一个厨子，一天来做两顿饭，做晚上那顿饭的时候会捎带着把王建国第二天的早餐给准备出来。除了给王建国做饭，木头棍还兼了两份工作，给饭店送外卖和给超市往饭店送货。他可真够忙的，但即使这样他也挣不到多少钱，但即使这样他也愁得够呛。木头棍对王建国说过他的儿子马上就要考大学了，到外地上学需要许多钱，他的母亲刚刚才在医院做过手术，又借了不少钱，他的爱人却刚刚丢了一份工作，即使挣得不多，她那份少得可怜的工资也打了水漂。

王建国的爱人去南京已经五年了，走的时候王建国就满肚子不高兴，王建国说那我吃饭呢？你知道我不会做饭，我连最简单的鸡蛋都炒不了，连最简单的面条都煮不了，连最简单的方便面都泡不好。王建国的爱人说我要你自己做了吗？我会给你雇一个厨子，那一阵王建国的爱人可真是忙，因为忙，根本就没时间考虑给王建国物色厨子的事。王建国的爱人同意王建国自己给自己找一个厨子，那一阵子，王建国的兴致很高，职业介绍所那边给他介绍了不少人过来，都是女的，这是王建国的要求。首先是要女的，其次是要年轻一点的，当然人长得漂亮一些就更好，能够增加人的食欲。在那些日子里，王建国的家里可真够热闹的，王建国是看了一个又一个，那些女厨子可真是既年轻又漂亮，这让人简直想不到，想不到在这个小城里居然会有这么多年轻女人愿意做厨子。但到了后来，王建国的爱人却突然改变了主意，这么一来呢，总是笑嘻嘻戴着一顶棒球帽的木头棍就出现了。王建国知道自己的爱人给自己找个男厨是什么意思，这个意思一般人都懂，关于这一点，可真是不那么难懂。

就这样，木头棍出现了，他总是戴着他那顶帽子，有时候热了他会把帽子摘下来，脑门那地方就有一圈儿帽子压出的痕迹，不过这痕迹会很快就消失掉，但过不了多大一会儿木头棍又会把他的帽子重新戴上。

“你这是干什么，这是家里，又没有风。”王建国对木头棍说。

“我最怕感冒了。”木头棍对王建国说。

“你戴个帽子就不感冒了吗？”王建国说这真是奇谈怪论，说这话的时候也许王建国正坐在那里吃饭，坐在紧靠厨房的餐厅里。那张餐桌可真够大的，能坐八个人，如果哪天客人多了，还可以临时再加两把椅子，但现在只有王建国一个人坐在那里吃他的饭。现在的餐桌上堆满了书，简直就像是图书馆的书桌，王建国总是一边吃饭一边看书，或者是随便拉一本杂志过来看。王建国吃饭，当然木头棍也要吃，但厨子一般是不能跟主人一起吃饭的，但因为家里只有他们两个人，所以情况就慢慢发生了变化。这真是有点滑稽，一个厨子，一个主人，一开始，木头棍还坚持等王建国吃完然后自己再吃，后来就变成了他们一块儿吃。说一块儿吃也就是一到时间就同时开始吃，王建国在餐桌上吃，木头棍在厨房里吃，木头棍会给自己搬一把椅子坐在灶台旁边吃。到了后来，王建国要他到餐桌上来，木头棍一开始还觉得有些不对头，但后来很快也就习惯了。他们就在一个餐桌上共进午餐或晚餐了，有时候他们还喝酒。王建国有很多好酒，都是朋友们送的，那些酒都放在北边露台的储藏间里。那个储藏间里除了酒还有不少茶，王建国每年都要买些普洱茶存起来，但他自己却喜欢喝绿茶。王建国的绿茶都放在客厅南边角落里的一个冰箱里边，那台小冰箱会时不时发出一阵“嗡嗡”的响声，不熟悉的人会被吓一跳。王建国喜欢喝茶，对酒却没多少兴趣，而且在家里很少喝酒，而那天王建国却突然提议是不是来那么一点，白的、高度的，那天王建国看足球看高兴了，他喜欢的那个球队大获全胜，是克罗地亚对土耳其，克罗地亚胜。木头棍当然马上就表示同意，之后，他们就开始了，一般的情况是王建国只喝一点点，在一开始的时候，木头棍也不那么放得开，也只喝一点点，而到了后来，情况发生了变化，木头棍是一天比一天能喝。到了后来，王建国不再想喝的时候木头棍也会给自己倒上满满一杯在那里慢慢喝。再到后来，王建国早就吃完了饭，甚至都漱完了口，而木头棍还在那里喝个不停，但王建国容忍了，反正碗筷都是木头棍来洗，他喝到什么时候跟自己没关系。王建国是，一吃完饭就上楼去，躺一会儿或玩儿一会儿手机看看短信，然后再做自己的事。有几次，王建国下楼去厨房取茶叶，发现木头棍早就趴在餐桌上睡着了，菜盘菜碟子都还堆在那里。再到后来，王建国发现端到桌上的菜都是木头棍喜欢的口味，木头棍最喜欢川菜，而王建国一吃辣椒嗓子就要疼好几天。“太辣了，太辣了，”王建国对木头棍说，木头棍却说这么多年的经验告诉他，要想让对方吃得高兴只有把自己最喜欢的东西端上来。对此，王建国无言以对。

“我是主人还是你是主人?”有一次王建国实在是忍不住了，问木头棍。

问话的时候木头棍正趴在餐桌上睡觉，他太累了。

“你怎么又来了?”在木头棍进家的那一刹那王建国对木头棍说，王建国这么说话多少有些不礼貌，为此木头棍迟疑了一下，但他还是把鞋换了。一进门的鞋柜里有一双属于木头棍的拖鞋。换好拖鞋后木头棍停顿了一下，好像在想什么，然后就朝厨房径直走去了，王建国在后边跟着，王建国听见木头棍说了声“螺丝”。又说了声“那颗螺丝”。

王建国说：“什么螺丝，你说什么螺丝?”

“我忘了把那颗螺丝拧上了。”木头棍说炒锅把子上的那颗螺丝又掉了，我担心炒菜的时候烫着你。

“怎么会?”王建国说。

王建国这么说话的时候木头棍转过了身。

“你别小看一颗螺丝。”

王建国不知道木头棍什么意思，看着木头棍。

“问题是要看这颗螺丝拧在什么地方。”木头棍说。

进了厨房，王建国看着木头棍把胳膊抬起来，把手放在冰箱上边的搁板上摸了一下。搁板上放了许多东西，蜂蜜瓶子、海米袋子、放粒粒糖的瓶子，有两纸盒小枣，还有王建国每天要吃的那种海苔片，一片一片地都密封在塑料袋子里，吃一片取一片。木头棍抬手摸了一下，那颗很短却很粗的螺丝就出现在木头棍的手里。“就是这颗螺丝。”木头棍又抬起胳膊摸了一下，这次是改锥，那个木把子十字头的改锥，王建国想不到改锥会放在这地方。这两件东西到手后，木头棍把挂在墙壁上的那把炒锅取下来放在了案子上，很快就把螺丝拧到了那个炒锅的把子上。这么一来，那个炒锅在炒菜的时候就不会再晃来晃去。

“看看，不晃了吧！”木头棍说。

“你来就为了这?”王建国说。

“是啊，这不是小事。”木头棍说，被烫一下可不是什么好玩儿的事。

王建国看着木头棍，不知道他下一步还会做什么，看样子，他不仅仅是来拧这颗螺丝，也许他还要做什么。果然，木头棍又把那颗螺丝拧了下来，木头棍说这颗螺丝要是不想让它掉下来最好在里边垫一点什么。说话的时候木头棍已经走到厅里了，厅里的书架上的好几排抽屉，木头棍已经拉开了其中的一个抽屉，王建国不知道他拉开抽屉要找什么，直到看到木头棍从里边取出了那种密封管道接头的生料带。木头棍从上边撕下来一小段生料带，然后把它慢慢慢慢缠在了那颗螺丝上，然后再把这颗螺丝拧在了炒锅的把子上。

“好了，这下完全好了。”木头棍对王建国说。

王建国试了一下，确实不晃了。

“我可以抽支烟吗？”木头棍对王建国说，他把炒锅又放回了原来的地方，从厨房出来，转了一下身子，然后就在一进门靠墙的椅子上坐了下来。旁边的桌子上有烟灰缸，里边的烟头也都是木头棍留下来的。

就在早上，王建国还想着要把烟灰缸里的烟头倒掉，想不到木头棍又来了。

“你抽吧，抽完你就走吧，我还有许多事要做。”王建国对木头棍说。

“你真想好了？要解雇我。”木头棍开始翻他自己带来的那个大兜子。

“你翻什么？”王建国说。

木头棍把帽子摘下来了，放在桌上，这可不是个什么好信号。

“这里有一个松仁小肚，还有一袋培根，我给你买的，算我请客。”木头棍已经把东西从他的包里取出来了，木头棍抬头看王建国的时候王建国看见木头棍脑门上戴帽子留下的那一圈儿痕迹，王建国知道这一圈儿痕迹会马上就消失的，但很快木头棍就又会把帽子戴上了，王建国希望木头棍把帽子戴上，然后站起来走人。木头棍是站起来了，但他没有戴他的帽子，帽子就放在椅子旁的桌上，一会儿可能就会有一只猫跳上去卧在帽子上。木头棍站起来后没有朝外走却去了厨房，他一手拿着他的小肚一手拿着他的培根。这时候那三只猫出现了，它们都闻到了培根的味道，它们跟着木头棍鱼贯而入进了厨房。

王建国想了想，也站起来跟着去了厨房。

木头棍已经把小砧板从墙上取了下来，那块小砧板是专门用来切肉的。

“这小肚可真够香。”木头棍对王建国说，刀已经拿在了他的手里。

“我跟你说……”王建国说。

“这样的小肚只有在一个店里才买得到。”木头棍马上就把话接了过来，那圆圆的小肚很快就在他的刀下变成了一片一片的薄片，这么一来，小肚的香气就更浓了。这些被切成薄片的小肚很快就被码在了一个大盘子里，木头棍码得可真好，像一件艺术品。王建国没注意到煤气灶上的平锅已经在冒那种淡淡的青烟，平锅里是培根，王建国很喜欢吃培根。

“培根只有煎得干干的才好吃。”王建国曾经对木头棍说。

“我跟你说。”王建国又说。

“再加点胡椒。”木头棍马上又打断了王建国的话，那把胡椒锤子已经拿在了他的手中，木头棍把胡椒锤子在平底锅上拧了拧。只几下，然后用一只手把平底锅端了起来，木头棍的手劲很好，他把平底锅端起来，是平平地端起来，然后把悬在半空的平底锅向前一推，又一推，这种动作王建国可永远也来不了。那平底锅在木头棍的手里被一推，又一推，锅里的培根就飞了起来，在半空翻了一下，然后又落在了锅里。培根的味道可真是香。

“我跟你说。”王建国又说话了，他想把话再一次跟木头棍说清，你被辞了，我一个人不需要厨子，我一个人能把自己喂饱。这话王建国已经对木头棍说了好多遍了，王建国以为昨天自己说的是最后一遍，想不到木头棍却又来了。

“我跟你说。”王建国这次是跟在木头棍的身后。

木头棍不说话，他已经把切好的红肠和煎好的培根端到了餐桌上，当然还有西红柿。木头棍看到了那几个洗好的西红柿，他知道王建国喜欢吃什么和要做什么，西红柿被切成了小块儿，上边已经撒了白糖，过一会那些糖会慢慢化掉，为了口味好，最好要在糖化掉之前开始吃它。木头棍又去了一下厨房，这次是去端那盘小肚。做完这一切，木头棍又去洗了一下手，水龙头被拧开，水“哗哗哗哗”地流出来，木头棍在洗手，他打了点肥皂，又用水冲了一下。王建国这时已经坐了下来，看着厨房那边，他知道接下来会发生什么。接下来，木头棍会把酒瓶子拿过来，当然酒杯也会跟着出现，紧接着，木头棍也会坐下来，然后就要倒酒了。这一顿酒，还不知道要喝到什么时候。

王建国坐在那里，心里有点烦，又有点不知所措，他等着木头棍从厨房里出来，而木头棍却迟迟不见出来。王建国坐不住了，他站起来，也去了厨房。一只猫从厨房里边出来了，接着是另一只，它们都闻到了餐桌这边的味道。

王建国站在了厨房的门口，朝厨房里边看去，木头棍靠着餐台站着，在抽一支烟，笑眯眯地看着王建国，说，“你吃你的，我等你吃完收拾一下我就走了。”

“你不来喝一口？”王建国听见自己忽然说了句这话，这话好像根本就不是自己在说。

“不了。”木头棍说。

“来吧。”王建国说。

“不喝了。”木头棍说。

“喝两杯吧。”王建国说，王建国觉得这不是自己在说，不知是谁在说。

木头棍又给自己点了一支烟，还那么站着。但他没抽完这支烟，他忽然在原地转了一个圈，他总是动不动就转一个圈儿，然后，他就从厨房出去。木头棍从厨房出去了，却没有餐厅停顿，他直接去了走廊门那里，在一进门的那地方开始换鞋，看样他这次真要走了。木头棍身子有点抖，但他还是把鞋换好了，他忽然又想起了他的帽子，他探一下身子，看看放在桌上的帽子，请王建国帮他递一下，因为他已经换好了鞋子，再进去就会把地板踩脏了。

木头棍伸着胳膊，有点抖。

王建国把帽子递给了他。

然后，木头棍就出去了，从走廊门出去，下楼。

王建国觉得有些奇怪，自己怎么会也跟着走了出去。

“喝两杯再走吧。”王建国听见自己在说。

木头棍已经下了一层楼梯，王建国也跟着下一层楼梯。

“喝两杯再走吧。”王建国有些糊涂，不知道自己在做什么，说什么。

走在前边的木头棍把帽子摘了一下，又戴上。

王建国看着木头棍走远了，又把帽子摘了一下，然后又戴上，但木头棍一直没回头。

王建国在街边小饭店的桌边坐了下来，因为天气热，小饭店的几张桌子就摆在外边，王建国开始喝啤酒。他要了一盘花生米还有一个拍黄瓜，他好像忘了家里餐厅桌上的那些吃的，小肚啊，红肠啊，培根啊，糖拌西红柿啊，那些吃的也许这会儿都已经被猫清掉了，也许都已经被猫弄得满桌子都是了。

氢气球

天健想不到下雨天超市也会挤满了人，可能是许多人的想法恰巧和他都一样，都以为下雨超市人少就都去了超市。天健买了些小牛肉，还有早餐吃的那种切片面包，还有奶酪，那种扁圆的铁盒子，里边是三角形的那种奶酪，每一片都包着亮闪闪的金箔，味道十分可口，有那么一点点酸，这是天健比较喜欢的口味，他总是把它抹在面包上吃。然后他就去结账了，结账的人还不少，他排了一会儿队就到了。他前边的两个年轻姑娘可真是买了不少东西，足足放满了两个超市的手推车，天健注意到这两个漂亮姑娘买的几乎都是食品，包括那种颜色很深而且很粗的熏肠。天健也比较喜欢吃这种肠，吃得时候还会就几瓣大蒜，味道就更冲，但吃这种东西最好是晚餐的时候，吃完了就不再出门了，有朋友约他也不出去。如果吃这种就着大蒜的肠，接下来，天健就会给自己来杯热茶，然后会整晚上什么也不干，一直在看电视。天健心里想这两个漂亮姑娘买这么多食品做什么？她们是做什么的？她们会不会是要来个派对？请一大帮人在一起吃饭，收款员也是个年轻姑娘，她很快就把东西刷完堆在了那里，那两个姑娘把东西分类放在四个大袋子里，这就慢了一些。为了不耽误别人的时间，那两个漂亮姑娘就把她们的东西往旁边的高台上搬了一下，收款的姑娘就开始给天健刷他买的东西，她一边刷，天健一边很快地把东西往袋子里放。超市里这时突然“砰”的一声，声音很响，人们都朝那边看，天健也朝那边看了一下，但他什么也看不到，天健心里猜想是什么倒了，会不会砸到人？但这跟他没什么关系，他把东西放在车上往外推的时候，超市里又“砰”地响了一声，这下子可以肯定是又有什么东西倒了。已经快到中午了，在出超市的时候，天健又看到了那两个漂亮姑娘，她们在门口像是遇到了什么事，其中的一个把口袋里的东西摊了一地，好像是在找什么。天健出去的时候，又回头看了一下，那两个姑娘像是还在找什么，又把另外一个袋子里的东西摊了一地。天健发现外边雨小多了，所以他没有把伞打开，要是打开伞，手里再拎着那两个袋子就很不方便。

从超市出来天健去对面学校的门口打出租车先去了一下医院，他想看看他哥哥天康今天怎么样，这会儿醒来没有。大夫说今天是第六天，脑袋上的那根管子应该取掉，天健知道那是根引流管，脑子里的血水和其他液体都会顺着那根管子慢慢慢慢流到一个瓶子里。天健想不到天康会出这种事，早上在公园锻炼的时候会给一棵倒下来的树击中，那棵树不偏不倚正好砸在他的头上。这已经是第六天了，医院给天健的哥哥做了全面检查，那棵树击中的是天健哥哥的小脑，也就是说，天健的哥哥醒来后很有可能永远是个植物人，但也有可能就此永远醒不来。“醒不来是什么意思?”天健问那个大夫，那个大夫却说马上把病人身子侧着，这样就不容易被吐出来的东西窒息了。这几天风刮得太大，但谁也想不到有一棵树几乎被刮断了还会立在那里不倒，更让人想不到的是风停了以后它才会倒，而且一下子就把一个人击中，这个人偏偏就是天健的哥哥。这几天，天健走路的时候就总是留心路边的树，路边的树都很老了，有些树上的树叶已经开始黄了。天健想路边的树起码有不少都可能会随时倒下来，随时会把一个人砸到医院里去。

晚餐的时候，天健只吃了一个拌茄子，他比较喜欢吃那种烧茄子，这种茄子菜市场那边有的卖，那个人总是在那里一边烧一边卖，顺便，天健还会再买两个烧辣椒，烧茄子和烧辣椒拌在一起很好吃。当然这个菜里要放些新鲜的大蒜。吃完饭，刷了一下牙，天健对着镜子看了一下自己的牙齿，他发现自己的眼袋这几天明显大了起来，都是睡不好的缘故。做完这一切，天健又给医院那边打了电话，天健听着电话里的声音，但天健不明白是谁在那边说话，好像是天康的一个朋友，说人还那样，没什么大的变化。天健是一边打电话一边把买的东西从超市的购物袋里取出来，天健很担心那瓶冠生园石榴酒，但没事，天健很喜欢这个牌子的石榴酒，从小到大，他比较喜欢冠生园。也就是在这个时候，天健从那个超市带回来的口袋里忽然发现了那个手机，这个手机和天健的那个手机差不多，天健这几天因为休息不好总是有点迷迷糊糊，他把手机取出来放在餐桌上的时候还没意识到这不是自己的手机。他去厨房倒水的时候，才终于明白餐桌上现在是两个手机。天健奇怪怎么会多出来一个，天健把那个手机拿在手里去床上躺了一下，他把这个不知道是谁的手机打开，手机屏幕上的图是个穿着一身蓝牛仔的年轻男人，他又把手机合住，想了想，又打开，又看了一下那个穿一身蓝牛仔的年轻男人。接下来，天健看了一下手机里的通讯录，上边都是些陌生的名字。这几天连着下了几天雨，有点冷，但天健的身体很好，冬天的时候他还会去冬泳，所以这点冷对他不算什么，但天健还是在蓝道子衫衣的外边套了件薄一点的灰毛衣。天健闭了下眼睛，但他一闭眼睛就看见他哥天康躺在那里，鼻子里和身上插了不少管子，那些管子都和床头的仪器连着，有一个仪器还在不停地冒泡。天健把手放在头后，用手抚弄自己的头发，后来他又坐了起来，翻来覆去地看手里的那个手机，他想弄明白这个多出来的手机是怎么回事，怎么就会在自己的袋子里边。天健又起来，去了厨房，他对着从超市带回来的袋子发了一会儿呆，然后往开打那瓶石榴酒，他很想来一口，木塞子很快就打开了，他就着瓶子喝了一口，味道很好，他又喝了一口，然后又用木塞子把酒瓶塞住。天健觉得自己应该去睡一会儿，睡一会儿再说，让脑子清醒一下，好好儿想想是怎么回事。待会儿他还要去一趟机场，天健的老婆晚上要回来，接着，他还要在医院陪床。在医院陪床也没有别的，只是到了后半夜，天健很怕去走廊尽头的那个厕所，黑乎乎的。虽然晚上那些值班护士都在。但天健总觉得厕所里像是有什么东西。还有就是医院里的电梯，天健晚上也很怕坐那个电梯。天健不喜欢医院，其实谁都不喜欢医院。

天健想让自己想起来这个多出来的手机是怎么回事，可能是在什么时候被别人放到自己的购物袋里的？天健想起来了，自己去医院的时候正好有几个人过来看他哥哥天康，那几个人还买了鲜花和水果，颜色都很好看，都放在靠窗子那边的地上，那地方还有一些别的袋子，当然天健从超市带回来的袋子也放在那里。天健不认识那几个人，但他知道那几个人是他哥哥天康的钓友。他们总是在一起钓鱼，最远都去过博格达峰下的天池，他们在那里还说起西王母，一致认为西王母只不过是一个很烂的女人和许多很烂的男人睡过觉而已。天健觉得手机可能就是他们其中某个人的，但天健想不起来这个人为什么要把手机放在自己的购物袋里，也许是顺手那么一放，天健想不起当时地上都放了些什么东西。比如是不是恰好也有别人的购物袋，只有这样才有可能放错。天健穿了衣服，下楼开车去机场。天健的车就停在楼下的那棵槐树下，开车门的时候天健给吓了一跳，有什么从车上一下子飞了起来，发出很大的响声，天健想了一下，那肯定不是鸽子，这个小区有很多鹁鸪。白天的时候，它们就在地上迈着极碎的步子头一点一点走来走去找食吃，它们的嘴和爪子都是红的。

机场在城的东边，去机场的路上，天健听见那个手机在自己的包里“呜呜”响了两声，天健想了想，没去接，开车的时候最好不要去接电话。天黑之后，去机场的车还不少，和所有城市的机场几乎一样，天健他们这个城市的机场和城市之间有很大一段距离。把车开去再开回来，是一个半小时。天健把自己老婆直接接到了医院，晚上医院里的人就少得多了，车也少，天健直接把车开到了后边的住院楼，因为白天下过雨，医院里到处都是昏暗潮湿，从树这边看树那边，连灯光都好像是湿的。“问题不大吧？”往住院病房里边走的时候，天健听见跟在自己身后的老婆小声问了一句，天健知道她实际上是在问“今天不会死吧”。然后他们就站在病房里边了。这时候天健又听到了那个手机“呜呜”响了两声，然后又不响了。天健摸了一下那个手机，但他没把它从包里取出来，因为它不再响了。这时候一个护士从外边进来，冲病房里的人点了一下头，然后从被子下把天健哥哥的手一下子拿了出来，就像是拿一件和病人毫无关系的什么东西。她摸了一下脉搏。然后又看了一下吊瓶，也就这些，护士就又出去了。天健和自己老婆站在床边的时候天健能感觉到老婆的手一下子抓住了自己并且在用力。无论是谁，只要是失去了知觉，陷入了昏迷，脸一定会变得让人看了可怕而陌生。天健凝视了一下躺在被单下的哥哥，蒙在他嘴上的那块湿纱布在一起一伏，这说明他呼吸得很吃力。这时又有人进来了，是交班大夫，这个大夫很高很瘦很年轻，已经脱下了白大褂，因为穿着便服，这就让他看上去和普通人一模一样。他翻开天健哥哥的一只眼皮看了一下，然后是另一只。然后到床脚的那个本子上签了几个字。从始至终这个大夫也没说什么。病房里的人都静着。也就是这会儿天健听见那个手机又“呜呜”响了几声。

“多会儿能醒来?”天健的老婆说，她是在问这个大夫。

“这个不好说。”大夫说，病人还可能会持续发烧。

“真想不到。”天健的老婆说。

天健明白自己的老婆在说什么，他想对了。

“以后谁还敢在树下锻炼。”天健的老婆说。

这时候那个手机连着响了起来，天健去了走廊。

“你他妈是什么人?”天健一接电话，对方就开了口，口气十分粗暴。

天健一下子就火了，“你他妈是什么人，怎么这么说话!”

“我就是专门对付你们这种人的人。”对方口气很冲，“你说你拿的是谁的手机，这手机为什么会在你手里?”

“你说你专门对付什么人?”天健说。

“专门对付小偷。”对方说。

“那你就去对付你的小偷吧!”天健把手机一磕关了，这个莫名其妙出现的手机真是很让天健很生气，天健看看手机，忽然有一种冲动，想把这手机马上扔到走廊的垃圾筒里。但天健没扔。这时手机又响了，天健就一直让它响着，但这是医院的住院病房，天健只好又接了一下，还是刚才那个人。

“告诉你，这个电话是有定位系统的，我知道你在什么地方。”这个人在电话里说，口气是太冲了。

“我要是把它扔到粪坑里呢!”天健说。

“我跟你说我是派出所的。”对方说。

“派出所怎么啦，操你个妈!”天健生气了，这让他没办法不生气。

“告诉你，我可以通过定位系统找到你。”电话里的人说。

接下来，天健把手机关机了。但天健拿不准手机的定位系统在关机以后还会不会起作用，天健这时又进了病房，他小声问了一声，“手机关机后定位系统还起不起作用?”天健的老婆看了一眼天健，不知道他在说什么，天健的侄子在旁边说，今晚不用天健在医院陪床。

“婶子刚回来。”侄子说。

这时天健的哥哥有了声音，好像是说话，其实是哼哼，声音好像是从很遥远的地方传来的。太遥远了。这让病房里所有的人都兴奋了一下。天健忽然有一种预感天康就要醒来了，所以就又等了一会儿，临离开的时候，天健说了一句：“会醒来的。”其实这话等于没说。

“你行吗?”天健又问了一句。

“我可以看看电影。”天健的侄子说。

天健知道病房里没有电视，这个医院，护士值班室里也没电视。

“我这里存了许多好看的片。”天健的侄子对天健说。

天健侄子的手里是一个很大的手机。

“有事你及时打电话。”天健对侄子说。

天健看见自己老婆把什么塞到侄子的手里。

“你也多躺躺。”天健的老婆说咱们是自己人，不要客气。

天健面朝天躺着，从始至终，他一直闭着眼睛，天健觉得现在根本就不是做这种事的时候，但他还是进入了老婆的身体，他和老婆毕竟好长时间没在床上做过了。天健在心里一直想着天康，一会儿，或许是现在，也许已经完了，没气了。天健一直闭着眼睛，后来，他们做完了，他下来，希望自己这下子能睡着，但他马上就觉得自己肯定又要失眠了。天健的老婆去了一下卫生间，这会儿已经又爬到床上并且很快就睡着了。因为怕猫跳到床上，天健总是把卧室的门关着。这时是晚上十点半，天健也去洗了一下，他站在洗脸池边，用手把水撩过来，洗了洗，擦了一下。然后去了客厅，他又把那个不知道是什么人的手机拿在手里，这真是一件怪事，这手机怎么就在自己的购物袋里？他给自己倒了一杯水，天健喜欢用那种特别大的玻璃杯，晚上睡觉前他总是要喝这么大一杯。天健现在不生气了，不生那个人的气了，谁丢了手机都会急的，人一急就会生气，人一生气就会瞎说。天健躺下来，把那个手机又打开了。那只猫也轻轻跳了上来，一点声息都没有，但天健感觉到了，猫跳到了沙发的靠背上，过来，就在天健的头旁边，天健感觉到了。

这时候那个手机又突然响了起来，天健已经把音量调小了。

电话里是个男人的声音，不是先前那个人。

“宝贝，你在吗？”这个男人声音很温柔，“今天晚上她值班不回来。”

天健摸着自己的脸，愣了一下。

“你找谁？”天健小声说。

天健刚想问一下对方这个手机的主人是谁，但对方已经把手机关了，是一下子关掉，对方可能被天健吓了一跳，可能根本就想不到这边接电话的会是个男人。天健想了想，又把电话打了过去，但电话光是响，就是没人接，对方一直没接，天健等了好长时间。这之后，又有一个男人打来了电话，但一听天健的声音也马上就把电话关了，还说了声：“对不起，打错了，我找李大夫。”天健坐起来喝了几口水，这两个电话真是接得有些蹊跷，怎么回事？天健一边喝水一边看这个手机上的通讯录。这时候天健的脸上凉了一下，天健知道是猫凑过来用鼻子碰了他一下。天健知道丢手机的人都会很着急，现在人们都离不开手机，手机一旦丢了就会误许多事，也许还会造成许多误会，天健觉得要找到手机的主人根本就不是什么麻烦事，有通讯录就不难把手机的主人找到，天健想好了，找到手机的主人，让他明天去小区门口的派出所去把手机拿走就行，自己不会和这个丢手机的人见面，再说自己也没有时间，谁知道医院那边明天会有多少事，谁知道明天医院那边会出什么事，天健这几天的日子过得是提心吊胆。那个个子很矮的女护士昨天就对天健说“什么准备都要做好，要往好的地方想，也要往坏的地方想。”这个女护士这么一说天健就马上想到了火葬场。天健从沙发上站起身，穿着拖鞋，去了一下厨房，他去厨房就是为了喝几口石榴酒。举着瓶子喝酒的时候，他看了一下下边，天健住在最高的一层，他可以看见下边的路灯，还有西边的那个警卫室。天健又探头看了一下停在槐树下的车，天健决定过几天再找一个车位，把车停在树下根本就不是什么好主意，鸟总是把白花花的屎拉在车上，天健不知道鸟们晚上待在树上是睡觉还是专门拉屎，或者是一边睡觉一边就把屎拉了出来。但现在天健觉得有必要找个新的停车位是怕树忽然倒了把车砸坏。自从天健的哥哥出了那事，天健觉得所有的树在刮大风的时候都有可能会忽然倒掉。

“刮大风最好别出门，谁知道风会把哪棵树吹倒。”天健对自己老婆说。

很快就要到十月了，天健原来都做好了准备，他想去南方小镇玩几天，这几天他一直在研究《旅游指南》，但眼下肯定是去不成了。喝完酒，天健又在沙发上躺下来，他把放在桌上的《旅游指南》放到下面那一层，下面那层放了些茶叶和咖啡桶，还有一袋坚果，没事的时候，天健会吃点儿坚果。据说这种东西对血管有好处。天健躺下来，拿了几颗坚果，一边吃一边开始打电话，他查了一下这个不知道是什么人的手机上的通讯录，一般来说，不管是谁的手机，通讯录上的那些人手机主人总该认识。

第一个电话马上就打通了，这个人的语气有点兴冲冲的。

“甜心，我猜你就会打电话过来。”这个人小声说。

天健没说话，天健觉得对方的语气有些怪怪的。

“甜心。”这个人又小声说。

天健说话了，天健说，“你认识不认识这个手机的主人?”

对方马上就卡住了，喘气，咳嗽了一声，电话给放下了。

天健又把这个电话拨了一下，这个电话又被接了起来。

天健又把刚才的话重复了一遍。

“不认识，我不认识，你打错了，我跟你说我不认识。”对方说。

“你不是‘甜心、甜心’吗？”天健说。

对方不说话了，但手机马上又关了。

天健只好再拨通讯录上的第二个电话，电话响了几声，被接了起来，对方小声说，“好家伙，有点儿晚了吧，我都回家了。”

天健没吭声，因为对方的话一句接着一句。

“她在洗澡呢，不过我可以溜出来，咱们可以在车上。”电话里的男人说。

天健这才开了口：“我想问你一下你是不是认识这个电话的主人。”

电话那边一下子就卡了壳，可能是被吓了一跳。

“你认识不认识？”天健说。

“什么事？你是谁？”对方说。

“你认识不认识机主？”天健说。

“不认识，你打错了！”这个电话里的男人说。

“你说一下，怎么这个手机上会有你的电话号码？”天健说。

“你弄错了吧，我的电话许多人都有。”对方说着，把电话放了。

“有意思！”天健觉得这个不知怎么就落到自己手里的手机不是普通的手机了，接电话的两个男人一开始都那样，有一个还“甜心，甜心”，到后来忽然都说不认识，这手机恐怕不是一般人的手机，天健感觉到了，手机的主人不是一般人，这几个电话也太暧昧了。

天健又找到一个电话，他又开始拨，接电话的又是一个男的。

“你讲话。”电话里的男人说。

天健没说话，因为这个男人马上又接着说，“我们还没完呢，还在喝。”

天健觉得这个电话很有意思，都快十一点了，还有一帮人在喝酒。

“你是不是想我了。”这个男人在电话里小声说，说他已经从房间里出来了，在走廊里，“你什么意思，是不是想让我这就过去？你说话啊。”

天健不说话，他想听听对方还会说什么。

“我一听你的声音下边就起来了。”对方又说。

天健觉得这个电话可真是太那个了，但这样的电话可不宜再听下去，天健把手机合起来了。直到这会儿，天健才忽然觉得这手机一定是哪个女人的。这时候电话又响了，是刚才那个男的。

“怎么断了？你告诉我，你在什么地方？”

天健又把手机关了，天健不愿意知道这种事情，虽然天健好像已经明白了是怎么回事了，但这时电话又响了，还是刚才那个男的。

“怎么又断了？”这个男的说。

“你是不是认识这个手机的主人！”天健开口讲话。

电话那边的那个男的明显的一下子就慌了，也许他根本就想不到这边打电话的会是个男人。

“不认识，我不认识。”电话里的男人马上说。

“那这个手机上怎么会有你的电话？”天健说。

“我不认识，不认识。”这个男的已经把手机给关了，但手机马上又响了，还是那个男的，这个男的在电话里结结巴巴解释了几句，“我真不知道你在说什么，这个手机是我今天刚刚到手的二手货，因为手机里还有一点点钱，我准备把它用完了再换卡，我不认识你这个手机的主人。告诉你，我这个手机跟我也没有关系。”说完，手机就关了。

天健笑了笑，摇了摇头。天健想和这个男人开开玩笑，天健就又把电话打了过去，但电话再没有人接，后来再打，电话已经关机。天健站起身，天健觉得这个手机开始好玩儿了起来，真想不到会有这样一个手机落到自己的手里。天健去了一下厨房，他把那瓶石榴酒提了过来，他还想再喝点，他不想用杯子，那样一来他还得洗杯子，天健就用嘴对着酒瓶喝。然后继续打电话，这时候都快十一点半了。

这一次，电话又通了，是个男的，声音有点含糊，但马上就清晰了起来。

“我在看电视，也太晚了，你是不是要过来？”电话里的男人说。

天健不说话，他知道自己这时候不应该说话。

“现在出租车很好打，要不你过来?”电话里的男人说，说他刚才洗了个澡，准备要睡觉了，现在什么都没穿，裸睡。

天健还是没吭声，但天健很想笑，他想象一个男人躺在床上，一丝不挂，听声音这是个年轻人。

“你怎么不说话?”这个男人在电话里说。

“我要一说话，你就怕了。”天健突然说。

对方果真一下子就没话了。

“你是谁?”好一会儿，对方说。

“你是不是认识这个手机的主人。”天健说。

“不认识。”电话里的年轻男人马上就说。

“那这个手机里怎么会有你的电话?”天健说。

“那谁知道。”电话里的男人说，马上又补了一句，“我不认识。”

“你回答一个问题，这个手机里怎么会有你的电话?”天健说。

“我不认识!”对方好像发火了。

“你说清楚!”天健觉得应该和对方玩一玩儿。

“你是谁？你告诉我你是谁？”对方说。

“你是不是认识这个手机的主人？你现在什么都没穿，你最好穿上衣服再说话，你总不能一丝不挂来。”天健又说。

“你是谁？”对方又说，声音有些颤抖。

“你说过你要她打出租车过去。”天健又说。

“我以为是，我以为是。”电话里的男人慌了，不知该说什么了，人一急都这样，紧接着，电话里边没了音。

天健把酒瓶子从手边提了起来，他把身子坐起来喝了一口，天健把手机放在鼻子前闻了闻，隐隐约约，天健闻到一种化妆品的香味。天健就那么坐着，想了一会儿，外面又下雨了，雨砸在窗玻璃上，很响。天健看着窗外，忽然觉得这件事情已经很无聊了，或者又可以说是很有意思了，这个手机是怎么出现在自己的购物袋里。天健一点点都想不起，这个手机的主人是个什么样的人，天健觉得大致应该有个模样了。但这也只是猜测，不管是什么人，手机现在对一个人来说真是很重要，明天，应该找到这个手机的主人，把手机还给人家。

“我才不管他们做了些什么！”天健对自己说，酒很好喝，因为这种酒的度数不高，喝一瓶对天健来说没什么。

这时候天健听到了卫生间里有动静，卫生间没开灯，天健吓了一跳，走过去，开了灯，天健看见自己老婆摸黑坐在马桶上。

“你怎么不开灯？”天健说。

“你在跟谁打电话。”天健的老婆说，“你别老想这事，人都会有这一天。”

天健想跟自己老婆说说手机的事。

“你别担心，医院那边有事他们会打电话。”天健的老婆又说。

这时候那只猫过来了，在卫生间门口探了一下头，又无声无息不见了。

“我也该睡觉了。”天健说。

“要不你就又要睡不着了。”天健的老婆说。

“我要睡不着，咱们就继续。”天健说。

“给我一根烟。”天健的老婆说。

天健把烟递给老婆，看她坐在马桶上吸烟，她上大学的时候就开始抽烟了。

“人活着其实是在做噩梦，天康这回不知道能不能挺过来，其实如果挺过来更坏。”天健的老婆说，说自己的右边这个耳朵这几天又好像听不清了，都是上次游泳游的，好像是进了水。

“游泳的时候最好不要揉耳朵。”天健说。

这时候那个手机在沙发上响了起来，“呜呜”，也只响了两下，马上就停了。

“不会是医院那边有事吧！”天健的老婆说。

天健站在那里，他觉得自己有必要把手洗一洗，他就把手洗了一下，然后把手伸过去，摸了一下老婆的脸。天健的老婆坐在马桶上，也抬起手来摸他，“明天吧。”天健的老婆说，“你马上就三十五岁的生日了。”天健把手抽了出来。这时候那个手机又响了，天健觉得自己应该睡觉了。他过去把那个手机给关了，他听见老婆在卫生间放水的声音。天健拿着那个不知是谁的手机，还是想不清楚它到底是怎么落在了自己的购物袋里。放下手机，天健又去洗了手。天健这天已经洗了好多次手了。

天健觉得自己有麻烦了，昨天晚上又是一夜没睡好，他知道自己是给那个手机弄的。早晨起来去卫生间洗脸，那个手机就开始响，而且响个不停。天健接了一下，是昨天那个口气很粗暴自称是派出所的家伙，还没等他说什么天健就把电话关了，这真是一件麻烦事，简直就像是一块心病了，天健怕那个手机响，而在心里时时刻刻又等着它响。天健想在这个手机的通讯录里找几个电话号码再试着打一下，但早上的事太多，医院那边还不知道怎么样了。天健想好了，或许一上班就把这个手机交给小区的派出所去处理，他们爱怎么办就怎么办，这样自己就省事了，这个手机也跟自己无关了。但天健还是忍不住想听到有人把电话打过来，这个手机说实话太有意思了，起码是向天健透露了某种信息，天健想，或者，自己再试着打几个电话？看着那个手机，天健又有点发愣，问题是，它是怎么跑到自己的购物袋里的？天健想好了，从现在开始，到八点半，要是再没有电话打过来，或者是联系不上手机的主人，他就会把手机交给小区门口的派出所让他们去处理，然后自己就要去医院了，但愿天康没事。天健早上习惯在菜市场那边的馄饨小店吃早餐，那边很热闹，早上的时候那边卖什么的都有，所以天健才喜欢到这地方吃早餐。顺便要把买的东西买回去。吃早餐的时候，天健总是来一碗馄饨，一个小烧饼，再加一个鸡蛋。早餐天健一般比较喜欢吃中餐，晚上就来点面包片奶酪什么的，还有咖啡。天健把馄饨端到嘴边的时候手机突然响了，为了怕别人听到，天健把手机设了振动，馄饨很热，天健也正好可以让它凉凉。天健接了这个电话，希望昨天有人传了话，希望这个电话是手机的主人自己打过来的，想不到，电话那边的人一下子就火了起来，很严厉，是那个自称是派出所的人。

“你说，你在什么地方?”电话里的这个人在说。

还没等天健说话，对方又说话了，“你说，你想做什么?”

天健倒没话了，不知道该说什么了。

“你凭什么这么说话!”想了一下，天健也大声说，一边在心里对自己说根本就没必要跟一个自称是派出所的陌生人生气。

“你叫什么?”对方咄咄逼人。

“你是谁？你找谁？”天健压着自己的火儿。

“我是派出所的，有人报案了，你老实一点，马上来一趟。”对方说。

“报什么案！”天健说。

“你这个手机是怎么来的，你老实说！”电话里的人说。

这句话让天健很火儿，天健想起昨天晚上那一个又一个的电话，都够暧昧的。

“我倒想问你是手机里的第几号人物！”天健说。

对方不说话了，但马上又在说：“你老实点，你最好马上给我过来一下。”

“你在这个手机里排老几，你算老几！”天健一下子就生起气来。

“就怕出了事你吃不了兜着走。”电话里的声音小了些。

“出什么事，我倒想知道你和这个手机的主人是什么关系。”天健说。

对方不说话了，天健听见电话里好像是有一壶水开了，好一会儿天健才明白是对方在喘气，“你敢对我这么说话!”

“我会把这个手机上的号码都查一下，到时候跑不掉的是你。”天健说。

“我马上就会用定位系统找到你。”对方说。

“你是怕我找到你吧!”天健说。

“定位系统不难找到你，你跑不了。”电话里的人说。

“你把我当作什么人啦!”天健生气了。

“告诉你，用定位系统找到的人都不会是什么好人。”电话里的人说。

天健其实已经拿定了主意，这个手机，就是找不到失主也不能交给小区门口的派出所了，到时候还不知道会有多少麻烦。

“告诉你，我马上就会用定位系统找到你，到时候你麻烦就大了。”电话里的那个人又说。

“我要是让你找不到呢?”天健说，人已经站了起来，已经冲出了小吃店。

“你就是虫子我也能找到!”对方在电话里说。

“我要是让你找不到呢。”天健对着那个手机说，大声说。一个主意已经在天健心里形成了，因为天健总是在这地方吃早点，他对这一带是太熟悉了。天健冲出去，已经把小吃店东边卖小玩具那里的几个氢气球拿到了手里，“我要是让你找不到我呢！”天健又对着手机说，大声说，天健真是火儿了，他已经把那七八个气球绑在了一起，他又要了一卷胶带纸，好了，这也只是一会儿工夫，那个不知道怎么就落到天健手里的手机给胶带纸固定在了那七八个氢气球上。

“你就好好用你的定位系统找吧。”天健对手机里的那个人说。

“我要你找！”天健又说。

“我马上就会找到你。”电话里还在说。

“我让你找！”天健说，把手一松。

“你找吧！”天健又说。

“让你找！”天健说。

氢气球是一下子就飞了起来，要是一两个氢气球绑在一起也许还会慢些，七八个氢气球绑在一起就飞得很快，它们快速地飞起来，飞起来，很快就在天空上变成了一团很小的花花绿绿。再回到小吃店坐下来的时候，天健开始吃他的馄饨，才吃两口，天健忽然笑了起来。多少天来，他还没这么开心过，天健又跑了出去，仰起头朝天上看。有什么掉在他的脸上。小吃店门前的那棵树上的树叶黄了，有落叶从树上飘下来。

“刮大风的时候千万可别倒了。”天健说。

他身边那几个人在买鱼，没人听见他在说什么，也没人知道他在抬头看什么，更没人知道有个手机在天上飞。

惊　梦

王查理的朋友里面，喜欢坐飞机的几乎没有，王查理对飞机的态度是能不坐就不坐，如果有高铁的话。从北京到海口这一趟航班，王查理自己也不知道曾经飞过有多少次，几乎每次都是陪着母亲。王查理的女儿是母亲一手拉大的，后来女儿大学毕业就留在那边做电视编辑，所以，王查理总是陪着母亲飞到海口去看她的孙女。最糟糕的是，从北京飞海口的飞机总是晚点或延误，王查理也说不清在这个机场延误过有多少次飞机了，每次王查理都在心里默默说“这次可不要延误，这次可不要延误”。虽然延误的好处是可以吃到那种质量比较好的免费盒饭，但谁又会为了吃一个盒饭而在机场待上七八个小时或更长。

外边这时候又开始下雨了，候机大厅的玻璃“哗哗啦啦”一片响。王查理抬起头，天空是那种铁灰色，许多小说家特别喜欢用“铁灰色”来描写大雨将至的天空。候机大厅的玻璃要多大有多大，几乎可以看到整个天空，这时的天色变化很快，已经是接近黑或者是越来越黑了。这样的天气飞机注定是不能起飞了，那么就希望这场雨赶快过去，希望它快来快走。

王查理慢慢吃着手里的盒饭，一边吃一边看着天，一边还会用手指按按那颗牙。王查理前边那颗牙不行了，前不久打篮球给磕了一下，所以他现在吃饭总是很小心，很怕吃快了会不小心把那颗牙齿给碰下来。他希望那颗牙齿自己会慢慢再长住，大夫说有这种可能，有时候一颗牙齿被碰了一下，摇动了，看样子就要掉了，但过些时候又奇迹般地长住了。

王查理不想吃了，他看看手里的盘子，盘子分了几个格，一个格子里是米饭，一个格子里是红红的叉烧肉，也只是几小块儿，另一个格子里是一大块鱼，然后还有蔬菜，王查理把肉和鱼都吃了，菜却剩下。王查理说自己是肉食动物，从小就不太喜欢绿色蔬菜，所以只吃了两口。王查理决定不再吃，他看看两边，然后拖着行李箱去了后边，后边那排椅子旁的垃圾箱都快满了。然后，王查理又坐回到原处，多少年来，飞海口的登机口总是在十号，几乎从没变过。

王查理从口袋里取出了那本书，他喜欢这种银灰色封面的小开本，他想静静地看一会儿书。这是一本专业书，讲心理的，王查理是心理医生，所以他一直很留意这方面，但王查理没看几行，眼睛就有点睁不开了，他觉得很困，很想迷糊一会儿，这几天他总是休息不好，因为他总是半夜爬起来看世界杯足球赛，一边看一边还会吃些东西，也不过是一杯红茶或是一小块儿那种叫作荞酥的甜点心。王查理把书放下，想闭着眼稍微歇会儿，也就是这时候他左边什么地方猛地响了一声，这响动把王查理吓了一跳，他睁开眼，有好几个人都朝那边冲了过去，像是出了什么事，王查理朝那边望了望，决定过去看看是不是有人晕倒了，或者是什么人犯了病需要急救。

王查理站起来了。王查理上医科大的时候根本就没想过自己要去当一个心理医生。也没想到心理医生居然要有十分好的口才，而且，因为工作的关系还会时不时深入到某个病人的私生活里边去。王查理觉得自己也许再过若干年会去当一个作家，把自己的病人放在一起写成小说。王查理站起来，朝那边走过去，把挡在他前面的人轻轻推了推请他们给自己让开一下，这么一来，王查理就站到了前边。因为王查理站到了前边，所以他很容易就看到了那个年轻人，正背对着自己，年轻人的头发有一部分给染成了黄色。这个年轻人这时猛地抬起了腿，“嘭”的一声，年轻人的脚一下子就踹在了一个人的身上，被踹的那个人猛地朝前一扑。王查理虽然站在年轻人的后面，但还是能看到被年轻人一脚踹倒在地的是个老太太。“啪”的一声，这时候那个年轻人又举起了手，手落下来的时候，王查理才明白是那个年轻人在打老太太耳光。怎么回事，怎么回事，又是“啪啪啪啪”接连几下。王查理要喘不过气来了，这可是件让人气愤不过的事，这么一个年轻人在打那么老的一个老太太，也只是停了片刻，那个年轻人再次对着老太太扬起手来的时候，王查理听到了自己的尖叫，可怕的尖叫，这尖叫实在是太可怕了。那个被踹倒在地并被年轻人频频扇耳光的老太太竟然是王查理的母亲。

王查理一下子坐了起来，满脸都是汗，身上就更不用说。王查理刚才的尖叫实在是太可怕了，坐在他周围的人都被他的尖叫声吓了一跳，大家都很吃惊地看着他，王查理这才明白自己其实只是做了一个梦，一个让他很吃惊的梦。王查理的母亲去世已经快一年了，在此期间，他很少梦到母亲，而让他想不到的是自己居然会在候机厅里梦到母亲。怎么回事？到底怎么回事？王查理站了起来，因为站得太猛，他身子歪了一下，把正在充电的手机碰掉摔在地上。王查理的脸色在那一刹那真是难看，他朝那边看过去，刚才那几个人就是朝那边跑，也就是在那个地方，现在安安静静坐着几个人，那几个人谁都不跟谁说话，都在看自己的手机。就在那个地方，就在刚才，那个头发被染黄了一部分的年轻人一脚把母亲踹倒在地。怎么回事？这可太不像是梦了，梦不会这么真切，究竟发生了什么事，为什么会有这样的梦？那个年轻人去了哪里？即使是梦，那个年轻人也不能让人饶恕。

“杀了他。”王查理说。

旁边的女孩儿，正在看手机，马上到一边去了。

“我要杀了他。”王查理又说。

又有两个人挪了一下，坐到离王查理远一点的地方去了。

王查理又坐下来，他能感觉到自己在抖，手在抖。

王查理看看左右，觉得自己最好是能找个人说说话，否则，也许自己会被憋坏，这个梦太刺激人，太让人受不了。王查理看看左右，擦了擦汗，或者是，马上再睡，继续睡，继续做那个梦，在梦里找到那个年轻人把他杀了。“杀了他，杀了他，杀了他。”王查理听见自己在心里说。王查理把矿泉水瓶子拿过来，用力攥了一下，手还是有些抖，他喝了两口，又站起来，又朝那边看，怎么回事？怎么回事？怎么会做这样的梦？那边现在安安静静，坐在那边的人都在安安静静看手机。在这个世界上，人们像是最关心的就是手机，最爱的也是手机，如果手机可以和人做爱，人们几乎都可以不再结婚。接着，王查理又坐下来，开始打电话，给他的爱人，一个海鸥研究中心的研究员，王查理对爱人说这个可怕的梦，说梦中的情景。王查理很激动，有点语无伦次，又说外面的雨，说航班延误，说自己也许马上要再睡一下，既然飞机一时半刻根本就不会起飞，自己要在梦里找到那个年轻人。

“杀了他!”王查理对着手机说。

“不过是个梦。”手机里，王查理的爱人笑起来。

“我要杀了他！我要在梦里杀他一回。”王查理说。

王查理旁边的那个老年人，看着王查理，把报纸对折了一下。

王查理开始翻自己的包，里边有洗漱用具，有一双拖鞋，还有一个小袋子，袋子里面全都是药片，王查理出门总是带着睡觉药，他睡眠不是很好。王查理想好了，就再睡一觉，如果睡着，也许会把那个梦给连续起来，也许这样自己真可以在梦里找到那个年轻人，有可能，一定要把他给杀了。王查理把手里的那两粒白色药片吃了下去，吃过药，王查理闭上了眼睛，他让自己不要想别的事，只想刚才做得那个梦，王查理是学心理学的，他知道这样有助于自己回到刚才的梦里去。

还是今年五月，那天，王查理的母亲要去广场，她们老年合唱团有个演出要在五角星广场进行，所以那几天她们天天都要去那边去练一下，和她一起去的还有另外两个老太太，她们简直是已经无聊到非要唱歌不可。她们的歌声已经严重影响到广场一带人们的正常生活秩序，但她们不唱不行，一旦有人出面干涉，她们就唱得更来劲也更卖力。王查理的母亲，还有另外两个老女人，她们从小区北边那个大门出来就朝东边拐了过去，朝东拐，走不远，她们再朝北拐，过了那条马路，对面就是超市，从超市的后边去广场是个捷径。就在往东拐的时候，王查理的母亲忽然倒了下来，是一辆总是在人行道上乱窜的蹦蹦车把她撞了一下。王查理的母亲是朝右侧猛地倒下去，头部正好在花池的边沿上碰了一下，她“唉”了一声，然后几乎整个身子一下子就都扑到了花丛中，旁边的人只能看见她的腿在动，但她又奇迹般地从花丛里爬了出来。那个开蹦蹦车的年轻人，头发的一部分被染成了黄色，后来，据现场的人们努力回忆，也只能记起这一点。那个年轻人看王查理的母亲像是没什么事就走了。结果晚上就出了事，虽然接下来王查理的母亲还是去了广场，但她一句也没唱，她一直觉得头晕恶心，后来就突然一下子倒在了地上。再后来她就被直接送到了医院。

在王查理母亲住院的时候，王查理的女儿从海口急匆匆赶回来了，她一进病房就问王查理，“奶奶怎么还没醒来，不是说没事吗?”说话的时候，包还在她肩上背着，一个包两个包三个包，一个包里是摄像机，那种小型的，一个包里是录音机，那种大型的，另一个包里全部是化妆品，各种化妆品。王查理对女儿说，“都检查了，不会有什么事。”那几天，王查理的同事也不停地对王查理说：“应该不会有什么事，只不过是轻微的脑震荡，明天就应该能醒来了，只不过醒来后头部会很疼。”

但一个星期很快就过去了，医院又给王查理的母亲做了一次头部CT，但王查理的母亲还没有醒来。

“不应该总是这么昏睡啊！”王查理对神经科的孟大夫说。他们是好朋友。

“会醒的，也许马上就会醒来了，不会有什么事的。”孟大夫甚至劝王查理他们都先回家去休息，“有什么事就给你们打电话。”

那天晚上，王查理还真回了家，还好好洗了一个澡，用了些浴盐，浴盐的味道很好闻，但就是让眼睛有点受不了。

王查理洗澡的时候手机响了，是女儿从医院打过来的。

“是不是醒过来了？”王查理马上问。

“问题是怎么还不醒？”女儿小声在电话那边说她担心会出什么事。

“神经科的大夫都很有经验，他们说没事就会没事，也许马上就要醒了。”王查理对女儿说，“只不过轻轻磕了一下。”

王查理和女儿说话的时候能觉得自己心里很慌，但他也只好这么对女儿说。那几天，王查理还准备去岳阳开一个会，那边的机票都给他已经订好了。王查理喜欢坐在靠走道的座位上，他想好了要早去机场一会儿，要选一个靠走道的座位。但王查理没有去成岳阳，虽然为此他还查了不少有关岳阳的资料。

“也许马上就会醒来了，也许马上就会醒来了。”王查理对女儿说。

就在第二天，王查理的母亲却突然去世了。去世之前，王查理的母亲突然睁开了眼，但围在她旁边的人都知道她其实什么都看不到，或者她在看别人看不见的什么东西。那种眼神让王查理永生难忘，王查理抱着母亲，看着她又慢慢闭上了眼睛，紧接着是长吁了一口气。这口气出得很长，那情景，不是长吁一口气，倒像是一个盛有气体的袋子突然破了，口袋里的气就都不停地跑了出去，人就一下子瘪了。

“想不到，想不到，从片子上看，真是一点点事情都没有。”孟大夫搂住王查理的肩膀要他不要过分悲伤，连连说真是对不起，片子上真是一点点事都没有。他还又和王查理握了一下手，很用力地握了一下，然后就从病房走了出去。剩下的事就是护士们的事了，她们很熟练地把那些吊在床头的瓶子和其他东西都取了下来，当然还没有忘了把氧气开关也关上。

其间，王查理就一直坐在那里，一动不动。那一刻只有耳朵还是他的，有人从病房走廊跑过去了，又有人走过来，脚步很轻快，又有人跑过去了，还尖叫了一声。王查理就那么一直静静坐着，好像是在等着母亲醒来。

“我能为你做点什么事吗？”

后来，那个孟大夫又出现了，已经到了交班的时候，他把什么东西塞到王查理的手里，他们是多年的同事又是好朋友。王查理此刻真好像已经变成了木头人，坐在那里一动不动，孟大夫只待了一下就又离开了。这种情况他见多了，孟大夫离开的时候王查理才动了动，有什么从王查理的手里掉了下来，是孟大夫刚才塞到他手里那一沓钱。也就是在那一刻，王查理觉得自己很饿，忽然很想吃东西，那么想吃，他已经有好几天没有吃过东西了，但王查理觉得这不是吃东西的地方，也不是吃东西的时候，他就依旧那么坐着。病房外边，依旧是有人过来，有人过去，又有人过来，又有人过去，好像这个世界上什么事都没有发生过一样。后来王查理忽然跳了起来，他觉得自己非吃点什么不可了。医院对面有几家饭店，后来王查理就坐在一家饭店里狼吞虎咽，满脸是泪，一口接一口地往嘴里塞东西，有几次他被噎着了，但他还是往嘴里不停地塞。那个饭店里的人认识他，破例给他上了一盘免费的果盘，果盘里是几片哈密瓜，几片橙子，还有两片西瓜，接着，服务员又给他倒了一杯水。

“我要杀了他。”王查理突然说。

旁边正有人朝这边看，马上把目光错开。

“蹦蹦车就不该上人行道，我要杀了他。”王查理又说。

有人站起来，看看王查理，离开了。

饭店里的人都盯着王查理，他们都很不安，他们很少能看到这种场面，一个人一边吃饭一边流泪。这种事毕竟太少了。一个人伤心的时候是不应该吃饭的，在这种时候吃饭是会得病的。人们都不知道发生了什么事。

候机厅外面的雨还在下着，而且越下越大。王查理坐在候机厅里可以看到停在外面的飞机机身上的雨雾，整个飞机像是在冒白烟，像是在燃烧，王查理想不让自己看那架飞机都不行。王查理吃过了药，但睡意一时半会儿还没有降临，但王查理又很难让自己把眼睛闭严实，王查理明白那片睡觉药的药效还没有正式发作，所以自己暂时还睡不着。但王查理想让自己觉得自己其实已经睡着了，所以那架飞机在他的眼里才冒着滚滚白烟，这情景也只能在梦里看到。一只比较大的鸟，红色的喙，黑色的羽毛，落在了候机厅外边的钢架子上，它正在梳理羽毛，一般来说机场很少能够见到鸟，但这只鸟就落在了玻璃外边的钢架子上。雨实在是太大了，它没处去，它也许给淋湿了，湿透了，所以在那里不停地梳理着。王查理希望自己赶快睡着，睡、睡、睡、睡，王查理在心里命令自己，让自己的脑海里努力去想那个头发被染黄了一部分的年轻人。这时候，离刚才的那个梦还没过多长时间，就好像一个人走路，停了一下，马上紧走几步也许还能赶上。而与走路不同的是，王查理是要赶到刚才的那个梦里去。梦是什么，梦就像是一间屋子，如果说它不像是一间屋子，那起码它应该像是一道门，只有进了那道门，你才可以看到一些你根本就想不到的东西和场景。但一般人很难找到这扇门，睡觉或者是做梦是很难由人控制的，你想睡，未必就能睡着，但你不想睡，却偏偏马上就会睡着，梦更是如此。没有人能够规划自己的梦，你想做什么梦，那个梦却偏偏不会出现，你不想做什么梦，这个梦却偏偏会一下子就出现在你的面前。

王查理吃了睡觉药，想马上就睡着，其实他自己也明白这不是想睡着而是想去追赶，追赶梦里的那个头发被染黄了一部分的年轻人，要是追上，王查理觉得自己要一刀就直刺过去，然后再说别的。虽然吃过药，虽然想让自己睡着，但王查理却偏偏又睡不着了，虽然王查理半闭着眼睛，虽然王查理自己在给自己下命令，但脑子却越来越清醒，这就让王查理很恼火。王查理又坐起来，他把放在自己身边的瓶子拿过来又喝了一口，水忽然变得很难喝。王查理觉得自己正一点一点把自己弄得火儿起来，如果这时候有谁说句什么，或有谁给自己一个不太好的眼神，王查理很有可能就会一下子发作起来。

王查理看看周围，人们都很安静，大部分都在看自己的手机。

王查理忽然很想找个人说说话，王查理觉得那个梦要把自己快给憋死了。王查理往左边看看，是一个年轻人，也正在看手机。王查理又往右看看，是一对情侣，靠得很紧，是在看同一个手机，好像看到什么有趣的东西了，两个人同时笑了一下。王查理觉得自己真应该找个人说说话，直到自己能够睡着。王查理很想说话，但显然没人会听他说话也没人愿意和他说话，人们对自己的手机更感兴趣，或者可以说对他们自己更感兴趣。王查理觉得自己很愤怒、很生气，他又朝那边看看，看看那个梦中之地，那个把头发染黄了一部分的年轻人就在那地方把母亲一下子踹倒随后又连连扇母亲的耳光。

王查理站起来，朝那边看看，长吁一口气。

“我要杀了他！”这句话从王查理的齿缝间被说了出来。

王查理要让自己睡着，既然想要把刚才的那个梦接住，既然想要在梦里找到那个年轻人。临躺下的时候王查理又看了看候机厅外边的天，天色可真黑，雨下得还很大，这样的雨，任何飞机都没办法往天上飞。但无论是左边的人还是右边的人都没有和他说话的意思。王查理又把自己的那个小包取出来，打开，又从药瓶里取了两小粒睡觉药，这是他吃的第四粒睡觉药。

然后，王查理闭上了眼睛。

“这下子应该能睡着了吧。”

王查理对自己说此刻还不迟，离那个梦还不远。

救护车把王查理从飞机场拉出来的时候天上的雨已经停了，王查理还没有醒来。因为去海口的乘客们都已经登了机，因为广播里一次又一次地宣布飞往海口的飞机马上就要关舱门，人们这才发现了躺在候机厅椅子上的王查理，但无论人们怎么推怎么喊都弄不醒他。所以救护车很快就到了，王查理一直在沉睡，他在睡眠之中什么都没有看到，而当他睁开眼醒来却已经是第二天晚上的事。

“吓死我了。”

王查理听到的第一句话是他爱人的一声尖叫。

六户底

怎么说呢，村子就是那么个村子，远远望去就像是睡着了，是那样的安静，村子实在是太小了，只有七户人家，村名却叫了“六户底”，可见现在比以前还多出了一户。秋天来了，庄稼都收了，地里什么也没了，紫皮的和黄皮的山药早就起了，也下了窖了，它们要在窖里好好儿睡一冬。豆子连棵子一捆一捆地都给人们收走了，还有高粱，都齐根给割走，玉米也一样，先掰棒子，然后把玉米秸再收回去。但山坡上，还有一大片玉米秸孤零零地在那里立着，那是四如家的玉米地。虽然玉米早已经被四如收走了，但那一大片玉米秸，也得像往年一样被收回去啊，它们可有用啦，喂牛喂羊或者可以当柴火烧，是谁说的或者可以当柴火烧，看这话说的，难道玉米秸就不是柴火吗？玉米秸是天底下最好的柴火啦，用它们烧火可旺啦。远远的秋风啊，真是从远远的地方吹过来，但四如家的那片玉米地发出的“哗哗啦啦”的声音让人听了真是难过。它们像是在对人们说话，对谁说？当然是在对四如说，四如把它们种下地，从春天忙到现在，那些玉米们几乎隔不几天就会看到一次四如，当然有时候还会有四如的媳妇。四如来了，来上肥了，四如来了，来把它们又锄了一遍，四如来了，把它们每棵玉米都轻轻摇了摇，让它们花穗上的花粉往下落落。天是那么的热，四如把衣服脱了，在地里，光着个膀子走来走去，还和玉米们说话，说什么话，说你们都给我听着，你们都得努把劲，你们都得给我好好长，别给我丢人。还说，你们都给我听着，都往大了长，长一尺多长才算是玉米，别给六户底丢人。快到秋天的时候，四如还上来掰了一回玉米，每一根青玉米被掰下来的时候都会发出“咕吱咕吱”的声音，那是它们不满意，它们还没长成呢，还没变成金黄金黄的棒子呢，怎么就给掰了呢？是因为有人要吃嫩玉米，所以四如就来掰它们来了。玉米们也看得出四如好心疼那些被掰下来的青玉米，四如还不停地说，还没长成呢，还没长成呢，对不起，对不起。四如用手量量掰下来的玉米，好像还大吃了一惊，说了句，好家伙！后来四如就在玉米地里撒了一泡尿，四如这泡尿撒得真是公平，四如把身子往这边扭扭，再往那边扭扭，往那边扭扭，再往这边扭扭，他是想给每棵玉米都撒点，四如一边撒尿一边还说，我可不偏心眼，你们都是我亲爱的玉米。紧接着，四如做了一件真是让玉米们都感羞愧的事，撒完尿，四如低下头做什么？他是在看自己的家伙呢，看还不说，还用手比了一下，又比了一下旁边的玉米穗子。四如一笑牙有多么的白，四如好像是害羞了，四如自己对自己说，又像是在对玉米说，好家伙，可真是比我的大多了！看这话说的，多亏周围也没个别人，多亏四如的媳妇也不在，要是四如的媳妇在四如还不得挨骂。但话又说回来，四如的媳妇就是在也不会骂四如，就像那一次，四如刚刚和媳妇结过婚，他们在地里锄玉米，天真是热，四如把衣服脱了，光个大膀子，那时候玉米还没高过四如，锄着锄着，四如忽然就回过身把媳妇一把抱住了，四如媳妇说，这可是在地里。四如说，我就要在地里。四如媳妇说，这可是咱们的玉米。四如说，我咋不知道这就是咱们的玉米。四如媳妇说，你小心，你要碰倒那棵玉米啦。四如说，好家伙，一使劲，可不是差点碰倒一棵。后来四如的动作大了，四如的媳妇说，小心咱们的玉米，四如就马上把动作收小了。四如媳妇后来一边整衣服一边说，你回家就不行吗？非要在地里做这么一回。四如说，我的地就是我的床。四如媳妇说，下回可不行了。四如说，那可说不定，这地就是我的床，我在我床上睡觉又不是睡到别处。后来四如的媳妇就生下了他们的第一个孩子，这事连地里的玉米们都知道，四如的大小子就叫“大玉”，但第二个还没生出来呢，四如说，第二个生下来就叫“二玉”。关于这些事，地里的玉米也都知道。四如和媳妇在玉米地里做过几回那事呢，一回，两回，三回，四回，谁知道到底有几回呢！既然玉米地就是四如的床，他爱做几回就做几回吧。现在呢，秋天是来了，山坡上的地都给人们收拾得干干净净，而唯有四如的玉米地还没收拾。那天四如来拉玉米时还说，当然是对他媳妇说，过两天咱们再来一趟地里也就干净了。四如的话玉米们都懂，四如是要把它们都收回去。但四如呢，怎么还不来？别人家地里的玉米秸可都给收走了，四如呢，啊，四如呢？四如家玉米地里的玉米们“哗啦哗啦”响个不停，它们好像对四如有了意见，而且这意见可大啦。风从远远的地方吹过来，天瓦蓝瓦蓝的，四如家地里的玉米秸“哗啦哗啦”地响着，它们像是在说，在喊，四如，四如，你快点来吧，再来看看我吧，再来看看我吧，快把我们也都收回去吧。但四如好像已经忘记了它们，不管它们了，不要它们了。这真是一件让玉米们普遍感到不高兴的事，它们不高兴又能怎样呢？它们不高兴也只能在秋风里“哗啦哗啦”响。这声音能传到六户底村子里去吗？能传到四如的耳朵里去吗？玉米秸们好像都已经商量好了，管他四如听到听不到，他听不到它们也要喊。秋天的风啊，也不知道从什么地方吹来的，可能是从村子那边吹来的吧，怎么把吹喇叭的声音吹过来了，六户底有什么热闹？是谁家娶媳妇办事，或者是在办别的什么事？关于这一点，山坡上的玉米们当然不会知道，但这天早上有人出现了，是三个人，他们的手里拿着镐和锹，他们进了四如的玉米地，四如的玉米地的北边有两个土包，那土包下边埋着四如的父亲和母亲。那三个人一来就忙乎开了，他们在离四如父母亲的坟旁边挖出个长方形的土坑来。他们挖挖停停，抽根烟再接着挖，又挖挖停停，他们看样子都很伤心，他们都不说话。挖完这个坑，他们就走了。一天，两天，三天，四天，五天，六天，七天，这七天之间六户底村子里的唢呐声和喇叭声就一直没停下来过。到了第七天的头上，山坡上四如家的玉米地里的玉米们都吃了一惊，一大早那唢呐声和喇叭声直接朝村外响过来了，朝山坡这边响过来了，朝玉米地这边响过来了。四如的媳妇也出现了，她被人从坡下扶了上来，穿着白色的衣服，头上是白色的布条子，眼睛红肿得就像个桃子。四如呢？玉米秸子们当然不知道四如是躺在那个大木匣子里被人们抬到山坡上来。而这会儿，四如躺在那个长方形的土坑里了，那土坑又被土填上了，不但填上，还鼓起一个大土包。四如的那个小小子大玉还不到三岁，被大人按在四如的坟前磕头再磕头，大玉不愿意，“哇哇”地哭开了。旁边的人说这大玉真是个孝顺的孩子，他是舍不得他的亲爹。又有人说才三岁的孩子就懂事了，看把这孩子伤心的。大玉哭得是更厉害了，他被大人按着磕完该磕的头，然后再给那些帮着办事的人一个一个再磕过，大玉就哭得更厉害了。看看这孩子多懂事，往后大家都要好好看待他，就像看待自家的孩子一样，咱们六户底的孩子都个个是好样的，你看大玉这孩子从小就懂孝道。村里的村长老了，一说话就喘，他对帮忙下葬的人们说了一遍，又说了一遍。

真想不到，今年的玉米都卖了，四如却长睡了。有人说，鼻子像是被堵了。

有人劝四如的媳妇，说人的岁数都是天定的，也不能光说他是喝酒喝多了。

我不让他一个人喝那么多，四如说他高兴，玉米都卖了好价钱。四如媳妇说，说悔不该让他去村长的小卖铺一下子就买那么大一卡子烧酒回来。四如媳妇说，一卡子十多斤呢，四如说能喝到天上飘雪花儿。四如媳妇跺着脚哭了起来，四如看不到雪花儿啦，地里的玉米秸还没收回去呢。四如媳妇说。村长在一边说，回头叫几个人帮你收了，我放话出去招呼人，这个你别发愁。人的命天注定，岁数也一样。又有人在旁边把这话说了一遍，说话的人说这片玉米秸大概能拉四五车，另一个人说了，五六车怕也拉不完。村长说，都先回吧，我回头叫几个人来帮上拉，咱六户底还不差这个人手，我到时也会来的。四如的媳妇又扑到那土包前哭了一回，她哭的时候别人就都在一边等她，男人们的嘴里都冒着烟，烟的味道在玉米地里一点一点弥散开，像是很好闻，又像是很难闻，忽然一下子又没了。秋天的风啊，忽然又从很远很远的地方刮了过来，玉米地顷刻间又“哗啦哗啦”响成了一片，它们好像也知道四如不在了，四如再也不会光着膀子在地里跑来跑去了，再也不会一泡尿这边撒撒那边撒撒那边撒撒这边撒撒。走吧，天不早了，村长又催促说。四如的媳妇这时本已停了哭，忽然就又哭了起来，两个女人，过去搀定了她，四如媳妇的身子软得一点点力量都没了，那力量都随四如去了不知什么地方。人们都出了玉米地，都往山坡下走，人们离玉米地越来越远了，有人回头看看，擤擤鼻子，眼泪出来了，鼻子像是给堵了。咱六户底村子现在是七户人家，应该叫七户底了，不知谁又说了话。四如的媳妇就又哭起来。山坡上的秋草也是黄的，它们给正午的太阳一照就更黄。这真是个好看的秋天，秋蚂蚱飞起来了，也就是在中午它们还能“咂咂咂咂、咂咂咂咂”飞一阵，这可就显得热闹了。人们回头再看看，看看四如的那片玉米地，但他们看不到那个新起的坟包，看不到此刻正在里边睡觉的四如。

天真是蓝，怎么就没有一朵云呢。

怎么说呢，村子就是那么个村子，因为四如的事热闹了几天，现在又静下来了。这真是少有的热闹，响器班子一年来不了几回，有时候两三年都来不了一回，因为这个村子可真是太小了，小到没有理由能够让响器班子过来。但因为四如的事，响器班子不年不节地来了，这都是托四如的福，可现在六户底又寂静了。响器班子吃完了中午饭就要走，他们可忙呢，所以他们也不再吹了，把响器都各自款款收了起来，那些帮忙的人照例也都要吃完这顿饭。在这个小小的六户底，家家户户的男人们都来了，家家户户的女人们也都来了，家家户户的孩子们也都来了，还有家家户户的狗们和鸡们，它们也都来了，四如媳妇的两个兄弟也过来了。领牲时候杀的那只羊今天照例要吃掉，现在，不年不节的，炖羊肉的香气在空气中已经弥漫开来了，狗们的兴奋远远要大于六户底的那些男人们。四如媳妇的兄弟把那一大卡子四如来不及喝完的酒取了出来，即使四如活着，要喝完这一大卡子酒也不是一天两天的事，也许要喝半年，也许要喝上一年。酒是从村长家里开的小卖铺里打的，度数可真是高，闻一闻眼睛珠子就给杀得够呛。六户底也就村长家开那么一个小卖铺，那小卖铺里有酒也有烟；还有酱油和醋；还有咸盐和红糖；还有线香和黄表纸；还有纽扣和各种颜色的线团；还有电池和手电筒；还有止疼药片和铁打的铧犁片；如果翻一翻，还会有磨刀石。还有别的有什么东西，一下子谁也说不清楚。但村长都在心里记着。村长虽然已经老了，但他还有那么一个纸本本，谁拿走什么就都记在上面。按六户底的规矩，端午节时要结一回账，中秋节时要结一回账，过大年时要结一回账。也没见过有人赖账。

能喝就都喝，能吃就吃。村长说话了，菜已经都端到桌上来，炖羊肉的香气把聚来的狗们惹得火火的。它们发火是互相咬，好像是别的狗都已经纷纷吃到了好东西，便这个闻闻那个的嘴，那个闻闻这个的嘴，忽然就都生起气来，乱咬开，咬一阵，又静下，都看着坐在院里的人们，等待着施舍。鸡们的胆子也真是大，都飞到了墙头上，列排地蹲在上边，像小学生们在听课，但只要其中一只忽然走动开，其他的就都跟着“咕咕大，咕咕大”地乱叫。人们在院子里吃开喝开，响器班的人都没动杯，他们吃了饭，算了钱，马上就走了，他们还要赶路去另外一个地方吹他们的响器，他们很少这么忙，但事情都凑在了一起。坐在那里继续喝的是六户底的那些男人，数一数，也没几个。不年不节的，为了四如的事凑在了一起，那就喝吧，四个精壮的男子汉把卡子里的酒已经喝下一大截，但他们还要喝。村长有了岁数，也只喝了一两口，他站起，出去送响器班子的人。把他们一直送到路边，又送到地边，再送到树下，再送到另一条路边。蚂蚱们叫着，像是也要来送，其实它们是想一个劲地往高飞。好，村长说，没下雨。好，村长说，路好走。好，村长说，你们再来。响器班子的老于，麻子脸，双眼皮，人很风流，岁数还不算老，回过头来，说，还说不定是啥时候呢，过年吧，过年你们到县里去听。村长知道，响器班子年年都要在办社火的时候在县上吹那么几天。村长手里拎着个小布袋，一时忘了自己要做什么，袋子里是山里的那种小栗子，比砂糖都甜。村长站在那里，看响器班子一点一点往远了走，村长忽然又喊起来，他忘了把那袋子栗子给老于了，老于又回来一趟，接了袋子，掂掂，离开了。

怎么说呢，村子就是那么个村子，远远望去就像是睡着了，是那样的安静，村子实在是太小了，只有七户人家，村名却叫了“六户底”。秋天来了，庄稼都收了，地里什么也没了，紫皮的和黄皮的山药早就起了，也下了窖了，它们要在窖里好好儿睡一冬。豆子连棵子一捆一捆地都给人们收走了，还有高粱，都齐根给割走，玉米也一样，先掰棒子，然后把玉米秸再收回去。这样一来呢，大地都会静下来，一世界的树啊，石头啊，房子啊，水井啊，碾子啊都像是睡着了。但四如下葬后没几天，六户底又再次热闹起来，但这热闹也只是响器的热闹，人们却不再觉得热闹。有人从坡下上来了，抬着四个大木匣子，他们一开始是走在一条路上，上了山坡后就各自闷闷地分开了。他们各自去了自家的地里，各自把大木匣子埋在了自己的地里。六户底的人们都说可不敢再死人了，再死人，明年的地还让谁来种。但没人说喝酒的事，喝酒能把人喝死吗？这种事谁都没听说过。

六户底的村长真是老了，他那个小卖铺忽然关门了，人们忽然到处都找不到村长了，这时天已经很冷了，雪是下了一场又一场。人们早上起来推不开门，雪把门都堵死了，人们只好从窗子里跳出去。鸡和狗都给雪封在了窝里，它们可着急呢，都闷声闷气地叫，急等着出去。雪再次消化的时候已经是春天了，人们终于看到了六户底的村长。他在山坡的玉米地里坐着，他坐在那里，一动不动，身边是那个放酒的卡子，大雪把他埋了整整一冬天，他是永远也醒不过来了。春天既然来了，人们又要下地种玉米、种山药、种豆子了，六户底的玉米长起来的时候，夏天便到了。夏天之后是秋天，秋天之后是冬天。怎么说呢，一到了冬天，村子还是那么个村子，远远望去却像是睡着了，是那样的安详，如果再下几场雪，人们都要看不到这个小小的村子了。

金属脖套

“越安静我就越睡不好。”乔奇对他的朋友们说。

也许就是因为这个原因，乔奇特别喜欢生活在闹市区，他一直想找这么个地方，现在终于给他找到了。其实西街的旧房子比别处的新房都贵，但他还是买下了一套这里的旧房。旧房子临街，这条街本来就很窄，几乎是白天晚上都挤满了人，这些人来自四面八方，像密密麻麻的蚂蚁。他们是来旅游的，由打着各种颜色小旗的年轻导游带领着到处乱窜，他们是看，到处看，看这地方都有些什么特产，然后就是吃，到处吃，像蝗虫。然后是住，这地方特别受欢迎的是那种价格很便宜的青年旅社。从乔奇住的楼下的那条街往北走就是那条著名的江，漓江，在这地方还有没有哪条江能比这条江更著名，几乎是没有，到了晚上那条街边就更热闹，其实说街边不对，是江边，江边当然有栏杆，靠着栏杆就是桌子、椅子，过去，还是桌子、椅子，再过去，还是，那种老木头桌老木头椅子看上去都像是有许多年头了，其实都是新的。那些外地来的游客们就坐在这江边又是喝，又是吃，又是说，又是笑，吃吃喝喝说说笑笑一直会持续到凌晨三四点，背着音箱的年轻歌手会时不时停下来躬身向游客们致意，请游客点他们自己喜欢的歌，老歌新歌他们都来得了。他们的买卖不错，十块钱两支歌，一晚上能挣不少，白天他们一般都在睡大觉，他们不是音乐家，但他们都觉得自己还算是搞艺术的，白天他们总是没精打采，一到晚上他们的精神就来了，乔奇的精神也就跟着来了，乔奇根本就不可能坐下来写作，下边的歌声和说话声会传到乔奇那里让他兴奋不已。夜里乔奇在做什么？他说他是在写作，他对他妻子说他买下这里的房子就是为了写作，而他自从搬到这里却连一个字都还没写，他想动员妻子也过来，可乔奇的妻子有她自己的事，她说她才不过来呢，她嫌下边太吵，上次过来住了两天几乎就没睡过觉。乔奇说他把家装饰得特别像个艺术家的家，这就不说了，这种事怎么说呢，艺术家的家里也不过是家具啊，床啊，窗帘啊，而乔奇实际上是个作家，但他和别的作家不同的地方是他还喜欢画画儿。其实来过乔奇家的朋友们都对那种种在大大小小的陶缸里的大叶子植物最感兴趣，那种大陶缸有酱色的，有红陶的，还有黑釉的，肚子都很大，就像它们都已经怀上了乔奇的孩子。乔奇把它们都种上了大叶子植物，而这种植物总是能长得蓬蓬勃勃。乔奇把它们摆在一进门的地方，摆在楼梯上，这你们就知道了吧，乔奇买下的这套老房子是二层，二层的南边和北边各有一个露台，乔奇在露台上也摆满了那种种在陶缸里的大叶子植物。乔奇还在南边和北边的露台上摆上了小圆桌和老木头椅子，朋友们来了会在这里喝茶或喝酒。有时候乔奇会请朋友们喝特别烈的酒，一边喝一边天南海北地聊，顺便还会看看乔奇收藏的东西，都是些比较古老的东西，虽然古老，但都是些砖啊瓦啊什么的，还有一块墓志，上边密密麻麻都是字，这块墓志放在一个很坚实的木头架子上，乔奇平时就用它当茶桌，没客人的时候乔奇会半靠半躺在椅子上抬头看星星，乔奇认识几个星座。比如大熊星座和仙后星座还有猎户座，再多他就说不上来了。或者就是读那本诗集，那本诗集的作者是一位女诗人，她和乔奇，怎么说呢，还真不好说，他们好的时候就和两口子一样。乔奇看星星和读诗的时候两只脚就放在这块刻满了字的墓志上。到了晚上，下边可真是热闹，比白天都热闹，这种热闹给乔奇一种安全感。这是一个根本就没有夜晚的城市，乔奇怕得就是安静，多少年来，只要一安静下来他就会感到不安。乔奇在这里的日子过得很惬意，要是乔奇饿了想吃什么，鞋都不用换，穿着拖鞋下楼去就行，茶叶蛋或者是萝卜丝饼，还有那种现炸现吃的霉豆腐。所以乔奇一般不怎么做饭。乔奇对这地方真是很满意。有时候乔奇会混到游客里去到处走走看看，其实他对这里的一切都已经熟透了，但他从不感觉到烦，一点点都不烦。他会到那座很老的石桥上去坐一坐，那是座很小但看上去特别敦实的老石桥，乔奇第一次来这里就爱上了这座石桥而且还拍了照片。那时候的乔奇穿了一件很中看的浅颜色中式袄，为了不让这件中式袄的领子脏，他里边的黑色T恤衫的领子就总是竖着。他还戴着遮阳帽，当然还有墨镜，乔奇总是戴着墨镜，有人认识乔奇半年多都没看到过乔奇的眼睛。十多年前乔奇和那位女诗人在一起的时候，即使在床上，他也戴着墨镜。

“你要是摘了墨镜就不是乔奇了。”女诗人对乔奇说。

“我要是摘了墨镜就不敢看你了。”从那以后，乔奇的墨镜就更不摘了。

很多人都很羡慕乔奇，都说乔奇活得真是滋润，比神仙都好。

“乔老师。”人们都这么喊乔奇，虽然他不是老师，这很怪。

有时候，乔奇坐在那儿就睡着了，别人还正在说话。大家在一起吃饭的时候也一样，他会忽然睡着，别人还以为他在听他们说话。“我那几年太累了，总是睡不够，现在是太消闲了，又总是睡不着。”乔奇对朋友们说。

但乔奇的事来了，乔奇那天忽然给女诗人打去了电话。

乔奇说：“好家伙，想不到住在人多的地方真可怕，我碰到事了。”

“没事多锻炼锻炼，别老是胡思乱想。”女诗人在电话里说她正在写诗。

乔奇说：“你不在我为谁锻炼身体？”两个人就都笑了起来。

“问题是有人从下面爬到我的露台上了。”乔奇说。

“一直爬到了床上是不是？”女诗人说。

“不开玩笑。”乔奇说，“可能是小偷。”

女诗人不笑了，“这可不是什么好事，弄不好要出大事。”

“还把露台上的东西挪了一下。”乔奇说。

“我看你还是没睡好在瞎想，你应该好好锻炼锻炼。”

“又说锻炼！哪个要锻炼！”乔奇有点不高兴了。

“睡不好觉就容易瞎想。”女诗人说，“有东西他不偷，他只挪一下干什么，这说不过去。”

“我不是瞎想，这跟锻炼身体也没什么关系。”乔奇说。

乔奇对很多的朋友们都说过锻炼身体其实就是破坏身体，所以乔奇从来都不会刻意去锻炼身体，比如跑步、打太极什么的。朋友们劝乔奇锻炼身体，乔奇说身体还要锻炼吗？人身上有许多东西根本不需要锻炼就很好用，除非它老到不能用！并且说自己锻炼身体的方法就是收拾家。朋友们都知道乔奇是个爱整洁的男人，乔奇每天起来第一件事就是收拾家，先收拾上边，扫地，再把地拖一下，然后会把楼梯捎带着擦一下，楼梯上总是会有很多猫毛，乔奇擦楼梯的时候那些猫毛会在阳光照得到的地方飞飞扬扬，如果没有太阳，那些猫毛就好像一下子都消失了。乔奇很讨厌那两只猫但他拿它们没有一点点办法。乔奇的楼梯上还放着一些书，乔奇的书太多了，多到没地方放就只好放在楼梯上。收拾完楼梯乔奇会把下边的地扫一扫再擦一擦，然后再把一南一北两个露台上收拾好，也就是浇浇花，把地扫扫。“我现在都快变成女人啦，一天到晚收拾家。”乔奇对朋友们说。乔奇的露台上真是很乱，但乔奇就知道他的东西放在什么地方，这天收拾南边临街的露台时，乔奇忽然就觉得有什么地方不对头，但他说不出有什么不对头，直到快中午的时候，乔奇给自己倒了一杯茶，他坐下来，他想看看那本起码已经看了几十遍的诗集，他想再看看其中的一首诗，想想那首诗到底是怎么回事，是不是跟那次的事有关。但乔奇忽然叫了起来，那块一直被乔奇当作茶几用的墓志显然被什么人挪动了，那块墓志有些分量，一个人刚刚搬得动它，乔奇站起来，吃惊地看着，它已经不在原来的地方，和下边的木头架子错开了。会不会是地震？但乔奇马上觉得这不可能，如果是地震，自己难道会没感觉？自己又不是头猪！乔奇又觉得会不会是猫干的？但猫不可能有这种本事，要是狗熊还差不多。

乔奇马上就给女诗人打了电话，有什么事，他总是先想到女诗人。

“问题是，那块墓志都给挪动了，那么重。”一说到这事乔奇就有点紧张。

“那你可得小心。”女诗人说白天没什么，就怕晚上从下边上来人。

“晚上上来人？”乔奇开始害怕了。

“上一个或者两个。”女诗人笑着说，“为了杀死你，一般会是两个。”

“我会把自己关在屋里，把门和窗子都关好。”乔奇说。

“他们会撬，护窗根本没一点用。”女诗人说。

“妈的。”乔奇掉过脸看那个护窗。

“你最好别睡那么死。”女诗人说，“小心别让他们一下子把你脖子掐住，人最脆弱的地方就是脖子，鸡脖子一拧就断了，人脖子也差不多。”

乔奇的手已经放在脖子上了，“别吓我好不好。”

然后，乔奇又给自己妻子打了电话。但妻子也没什么主意。

“多注意点儿，到了晚上把窗子关好，不行就报警。”妻子说。

“天这么热我能不开窗子？”乔奇说。

“有护窗你怕什么！”乔奇的妻子说。

“问题是，”乔奇说，“我睡在北边的那间房而从南边上来人怎么办？”

妻子没说话，她想这是个问题。

“问题是我要是睡在南边的那间房从北边上来人怎么办！”

“你根本就不应该住在那边，好好儿的家你不住。”妻子说。

“我可得好好防备一下。”乔奇说。

“你那边也没什么贵重东西。”乔奇的妻子说。

乔奇想想也对，自己这里是没什么贵重的东西，要说贵重，那就是自己。

“我难道不贵重?”乔奇说。

乔奇的妻子没说话，她明白乔奇，也许他们会为此再吵一架。

“世界上最贵重的是什么。”乔奇开始生气了。

乔奇的妻子还是不说话，其实谁都明白世界上最贵重的就是自己，一旦自己不存在了，这个世界也就不存在了，黄金啊白银啊太阳啊月亮啊什么都不会存在。

“我要好好保护好我自己。”乔奇大声说。

“那你就回来住。”乔奇的妻子说。

“我还要写东西呢。”乔奇说。

“你那把藏刀呢?”乔奇的妻子说。

乔奇放下电话去找刀了，那是一把很锋利的刀，起码看上去是这样，因为乔奇从来没用过它，鸡也没杀过，羊也没杀过，他没那个机会。

“再跟我！再跟我！再跟我!”

乔奇找到那把刀了，比画着，威胁着对那两只猫说。

这时候，乔奇的妻子又来了电话：

“要不把小美抱过去吧，小美一叫小偷就吓跑了。”乔奇的妻子还说，“猫一点用都没有，只知道吃好的，养它们除了花钱没别的，你上次光给它们做去势手术就花了一千块，有什么用！没一点用。”听口气乔奇的妻子已经生气了。

乔奇妻子打电话的时候那两只猫正蹲在那里看乔奇。

“可怜的猫，现在连性欲都没有了。”乔奇说。

“比我都可怜。”乔奇又说。

“你说什么？”乔奇的妻子在电话里说。

“我什么也没说，我没说话。”乔奇说。

这天晚上，乔奇几乎彻夜未眠，下边依然是歌声，依然是人群的走动声和一阵一阵的说笑声，还有另外一种声音，像是从很远很远的地方传来，仔细听才能听出那是漓江缓缓流动的声音。这些声音从前乔奇是喜欢的，但这天晚上突然变了，乔奇希望从这些声音的缝隙里听到别的声音，比如，有人爬上露台的声音，比如，有人跳过露台栏杆的声音。这样一来，他就可以抓住这个人了。乔奇又失眠了，他躺在那里睡不着，只好又看了几行诗，但看诗的时候好像马上就要睡着了，眼睛都快要睁不开了，那些字跳来跳去，但一旦不再看那一行行印在白纸上的铅字，人马上又睡意全无，这实在是太糟糕了。乔奇把诗集一甩，跟自己生起气来，他想再听听有什么动静，但除了下边的那些夜猫子游客走来走去的脚步声，乔奇根本就无法听到别的声音。乔奇又起来，他不放心，屋子里好像到处都有动静，他把屋子从下到上又看了一遍，轻手轻脚，从楼下的厨房，还有那两间屋子，还有卫生间，乔奇把灯打开看看再关上，轻手轻脚，一间屋一间屋都这么过来。乔奇还检查了一下窗子，然后又轻手轻脚上了楼，去南边的露台看了一下，然后又去了北边，然后又把楼上的屋子都看了一遍。天气很热，这让乔奇打消了把窗子都关上的想法，他把屋子检查完，在北边的屋里再次躺下来，但他想了想，又起来，又去把南边的窗子关上了，南边那间屋的窗子一关屋里马上就闷热起来，结果他只能再过去把窗子打开。这期间，他手里一直拿着那把一尺多长的藏刀，藏刀的刀尖朝向前边，好像是已经有人从露台下边爬上来了，好像这个人已经站在乔奇的对面了，好像这个人已经要对乔奇动手了，这让乔奇既兴奋又紧张，乔奇忽然给吓了一跳，是那两只猫，在他后边跟着。

“去——”乔奇小声说。

“起什么哄！”乔奇又小声说。

“你们要是狗就好了。”乔奇用刀尖点着它们。

“你们为什么不是狗。”

后来，乔奇去卫生间找了一条毛巾，把它缠在脖子上，他准备要睡觉了。

“再不睡我就要死了。”乔奇对自己说。

天快亮的时候，乔奇好不容易才总算是睡了一小会儿，其实也是半睡半醒，那把藏刀就在枕头旁边放着，暗里是一道亮光。“要是真进来人怎么办？要是真进来人怎么办？要是真进来人怎么办？”乔奇一直听见自己不停地对自己说，这真是让人烦死了。乔奇想把耳朵用手堵住，但马上明白那声音是在自己心里，“妈的！”乔奇骂了自己一句，翻了一下身，他爬了起来，不打算睡了。但天还没怎么亮，下边的夜生活才刚刚结束，有人在下边咳嗽、说话，是扫街的清洁工们开始工作了，乔奇只好又躺下，这次他把身子掉了一个过儿，女诗人说得对，他决定以后不再头朝外边睡了，要头朝墙那边睡，这样安全点。要是头朝外边睡，半夜进来个人站在床头一下子就会把自己的脖子给勒住。头朝墙就不会有这种可能。把身子掉了一个过儿，乔奇想再睡一会儿，但他睡不着了，他不知道那个人上来到底要做什么，为什么搬动那块墓志，那又不是什么值钱的东西，这个家里就没有什么值钱的东西。

乔奇大睁着眼睛看着天花板，听见自己对自己说：

“要说贵重，就数老子贵重了。”

乔奇坐了起来，摸了一下脚，把脖子上缠着的那条毛巾取了下来，女诗人的提示可是太重要了，一个人，在睡梦中只要是被掐住脖子，十有八九完蛋。乔奇觉得自己应该好好儿想想，想想怎么样才能保护好自己。比如即使睡着，即使从外边进了人，也不会一下子就能把自己的脖子勒住，一个人，浑身上下，脖子是最容易受到攻击也是最重要的地方，这根本就不是看电影看到的，生活中有多少这种事情，一个人不明不白就被人从后边把脖子一勒就完了，连挣扎的机会都没有。这真是太可怕了。乔奇简直是不敢再想，他不想再睡了，他从床上下了地，外边已经亮了，乔奇忽然又给吓了一跳，是那两只猫，悄悄跟在他身后。

“出去，都给我出去！”

乔奇大喝一声，打开了通向南边露台的门。

“你们要是狗就好了！要你们有什么用！”

猫从屋里惊慌失措地跑了出去，乔奇也跟着站到了露台上。

“滚！”

早上外面很凉快，乔奇没穿鞋，光脚站在露台上。在家里，乔奇习惯光着脚走来走去。

新的一天来了，乔奇醒来了，其实也可以说他根本就没睡，起码是没怎么睡。乔奇把露台又检查了一下，那几把椅子，圆桌，那块放在架子上的墓志，都在原来的地方。乔奇想知道昨天晚上有没有什么事，他又去了北边看了一下，露台上的牵牛花都开了。乔奇打了个哈欠，又打了一个哈欠，一旦从床上爬起来，这会儿，乔奇又觉得自己困极了，乔奇连连打着哈欠，但还是把露台扫了一下，乔奇想，天亮后自己也许能好好睡一会儿，然后自己就要去办正经事了，去找他妈的那个老六，白天毕竟没人敢从下边爬上来。乔奇已经洗完脸刮过胡子，顺便还把脚也洗了一下，乔奇总是在早上洗脚，洗完脚，收拾完自己，他给自己倒了一杯茶，茶很香。他端着茶，穿好了拖鞋，从屋里出来，坐在南边露台的小圆桌边就着这很香的茶吃了两块鲜花饼，饼也很香。他一手拿着饼，一手在下边接着，那样子有几分像是猴子。鲜花饼是昨天刚买的，让人禁不住想一个接着一个地吃下去。乔奇一边吃一边看对过银行里的一个年轻人，那年轻人正坐在窗口一边看报一边喝茶，后来这个年轻人还给自己点了一支烟。乔奇喝完茶，吃完鲜花饼，也给自己点了一支烟抽起来，烟好像忽然有了催眠的作用，乔奇有些迷糊，后来，乔奇忽然就坐在露台上的桌边睡着了。他原本不想睡的，他准备要出去找那个老六办事，但他一下子就睡着了。对面靠南边一点的楼上有人在露台上浇花，他们也是刚刚起来，一天的生活刚刚开始，那边的楼是四层，所以站在那上边可以看到乔奇这边，那边的人浇花的时候发现了乔奇，乔奇的样子很古怪，瘫坐在椅子上，大叉着两条腿，头朝后仰，两只胳膊向后边耷拉着一动不动，从上往下看，他那一动不动的样子让人很是担心。对面楼的人探头朝这边看了看，后来又看了看，乔奇还那样一动不动。后来对面的人又很担心地探出头朝乔奇这边看了看，他们担心这个人是不是死了？大清早的，但愿不会有这样的事。乔奇的身子这时已经侧向了一边，这说明他没事，是在睡觉，但一大早就睡在露台上的人毕竟不多见。

乔奇大约睡到十点多的时候被下边的吵声给弄醒了，乔奇决定不睡了。他昨天晚上已经想好了，要去定做那么一个金属的脖套，脖套的样子就像是一截铁皮烟筒，是活的，可以打开，晚上睡觉的时候可以把它戴在脖子上，只要保护好脖子，其他地方都好说。如果可以，乔奇还想做那么一个金属的半圆壳子，跟自己的身体差不多长，晚上可以把这个金属壳子放在床上，人就可以钻在里边睡觉，这么一来就更安全了。睡觉的时候还可以在金属壳子里放把刀，或那种可以往坏人眼里喷的胡椒水。

乔奇下楼，换鞋，出门了，戴着他的墨镜。

街上的游客还不多，但他们已经出现了，老头老太太，一挤一堆。

“重要的是脖子。”乔奇听见自己在对自己说，他一边走，一边把香烟掏了出来。这时候乔奇放在口袋里的手机响了，乔奇看了一下，笑起来，但他没接。是乔奇妻子打来的，乔奇妻子对乔奇说要把家里的小美马上送过来，小美是乔奇家的狗，“狗毕竟是狗，一有动静它就会叫，你就可以放心睡觉。”这已经是第二个电话了，乔奇知道怎么让妻子着急，几次电话不接，她肯定就会马上过来，也许她这会儿已经上路了。乔奇笑了一下。乔奇一边吸烟一边朝前走，上了桥，又往左一拐，再往前走，再往右一拐。桥栏上放着许多盆花，不知是什么人养的，摆在这里也不知道给谁看，红红紫紫都开得很好。虽然才到这里还没有多长时间，乔奇在这地方已经交了不少朋友。他们大多数都是搞艺术的，其中有搞陶瓷和金属还有搞皮艺的。乔奇想好了，他要去找老六，老六的作坊专门做各种金属玩意，乔奇已经把脖套的尺寸什么的都想好了，金属的，不怕勒，套在脖子上即使用刀砍都不用怕。他让老六只不过是做个坯子，然后自己再回去在金属外边加一层很柔软的布，这样，晚上戴着它，乔奇就可以安心睡大觉了。乔奇还想好了，不但是睡觉，就是晚上出去散步他也会把这个脖套戴在脖子上，谁也不知道坏人会在什么时候出现。不怕一万，就怕万一。乔奇甚至连那个放在床上的半圆形长金属筒子都想好了，那个筒子可是太重要了，有那么一个筒子，人就可以钻在里边放心大睡，金属脖套，睡觉用的筒子，还有什么，还要有一根电警棍。乔奇都想好了，为了保护自己，想法再多都不为过。

这时有个人从街边一下子靠近了乔奇，“要不要黄碟？”

“我有很多。”乔奇说。

“这东西又不嫌多。”那个人说。

“你留着自己看吧。”乔奇说，已经一步上了台阶。

乔奇在老六的店里坐了下来，老六的店里真是够乱的，其实也不是乱，而是东西多，放得到处都是。老六说话有点结巴，老六其实也没多少事做，有朋友来了就喝茶。他做了许多的东西，但很少有人来买，但老六前几年开厂子挣了不少钱，他不在乎有人买没人买他的东西，他说他玩儿的就是高兴，不同的是别人玩女人他玩金属。乔奇坐下来了，把自己要做的东西对老六说了一下，但老六好像没听清楚他说的是什么。乔奇一开始还不准备把做这种东西的用处告诉老六，但乔奇不是那种能把话藏在肚子里的人，自己就先哈哈大笑了起来。乔奇把有人爬到露台上动了他的东西的事说了，而且把要做的东西是准备用来做什么也说了。

“金属脖套儿。”老六也跟着笑了起来，他懂了。

“做成活的，”乔奇站起身，在脖子上比画。

“可以把脖子护住我就能睡大觉了。”乔奇说。

乔奇又说那个筒子，还比了一下自己，“要这么高，一个人能钻进去就行。”

老六就笑得更厉害了，“你这东西好像是当年的防震棚。”

“哪有那么大。”乔奇说，“放在床上可以让一个人钻进去就行。”

“你要是和女朋友做爱呢，怎么办?”老六说。

乔奇和老六就笑得更厉害了，老六只要说话一快就不结巴了，老六说这点点小东西马上就会做好，不要那么小，可以做大些，你最好能在里边翻翻身，老六说用最薄的铁皮，窝边，取圆角，那个半圆桶两边加个带子就行。“重要的是你躺在里边可以朝外射胡椒水就行，射别的可就不行。”

“还能射什么?”乔奇笑着说。

“谁知道你还能射什么，我相信你有枪有子弹!”老六也笑着说。

“一个人活着最重要的就是要为自己的生命安全做打算。”乔奇说。

老六说：“这还会有错吗，活着就可以不停地勾引女孩子，死了呢?”

从老六那里回来，乔奇心里一下子轻松了不少。

这天晚上，乔奇不得不吃了一粒睡觉药，要是不吃药，乔奇就怕自己坚持不下去了，吃了药，乔奇果真就睡着了，而且觉得自己睡得还不错，因为昨天晚上他实在是睡得太少了，实在是太困了。睡之前，乔奇又把所有的屋子都检查了一下，然后，还把南边和北边的露台也仔细看了一下，下边是嘈杂的人声，这些游人都是些不睡觉的蚂蚁，不停地走，不停地吃，不停地说。远处是江水流动的声音。乔奇觉得自己已经跟着这声音走到了江边，或者是坐在了江边，或者是坐在了船上，其实这会儿他已经睡着了。但是他觉得自己像是忽然又醒了，这种感觉真是奇怪，他好像听到了什么动静，又轻手轻脚下了楼，把楼下的屋子又都检查了一遍，还检查了一下窗子，然后是检查楼上的房间，他轻手轻脚在前边走，那两只猫在后边跟着，这时已经是凌晨三点多了，乔奇是半睡半醒，他又去了一下露台，天都快亮了。江水的声音只有在这时候才显得十分清晰。这时候有什么在露台栏杆上轻轻一跃，这可把乔奇吓了一大跳，是那只猫，不知什么时候悄悄跟他跑了出来。“天还没亮你干什么去，啊，你干什么去。”乔奇小声对猫说，乔奇的声音很小，他这时候还不敢大声说话，他怕把周围的人惊醒，猫一跳，已经上了房顶。蹲在那里不再动。乔奇招招手，那只猫不肯下来，蹲着，一动不动，猫就是这样，一旦跳到房上就什么人也不肯认，真是狗娘养的，直到它饿了，想吃东西了，才会下来给主人献媚，乔奇又朝那只猫招招手，然后也坐了下来，凌晨三点多是这个季节最舒服的时刻，一点点都不热，甚至是凉爽。乔奇坐在那里，把两只脚放在了那块被当作茶几的墓志上，乔奇想让那只猫下来，又朝那只猫招招手，但猫还是蹲在那里还是一动不动，真他妈是狗娘养的，猫都是狗娘养的。乔奇两眼看着那只猫，看着看着，忽然就又睡着了，乔奇睡着之后，两只脚从被当作茶几的墓志上放了下来，直直地向前伸着，两条胳膊朝后耷拉着，这种姿势让乔奇感到很舒服。乔奇就一直那么睡着，直到天大亮。

后来乔奇被一个电话弄醒了，是乔奇妻子的兄弟打来的，乔奇妻子的兄弟，当然也就是乔奇的小舅子，在电话里嘻嘻哈哈说他已经在路上了，很快就要到了，他把小美送来了。“这下你就能睡好了。”

“你姐呢?”乔奇问。

“她明天去日本。”乔奇的小舅子在电话里说。

乔奇奇怪自己怎么就把妻子出去的事忘得一干二净。乔奇跳起来，把自己收拾了一下，乔奇每天都要刮胡子，刮完胡子，他开始吃早餐，一杯很香的花茶，两块儿鲜花月饼，这真是一种让人百吃不厌的点心，这地方除了火腿好也就剩下这种饼了。乔奇又给自己冲了一杯牛奶，慢慢喝着。这时，乔奇的手机又响了，还是他小舅子的电话，乔奇的小舅子对乔奇说他们这回是两个人。

“可以啊。”乔奇说，“再多一个也不怕。”

“我带了一个女朋友，晚上我们就住楼下好不好。”

“那还成问题。”乔奇说。

“可不是上回那个。”小舅子说。

“谁规定你非得带上回那个，再说我也不管这些事。”乔奇说，心想这是小舅子在胡说，如果他的女朋友在他旁边他会不会这么说。

乔奇说话的时候听到了一声狗叫，是小美。

“开门吧，我们在下边呢。”手机里又传来了乔奇小舅子嘻嘻哈哈的笑声。

“你都到了?”乔奇吓了一跳。

“到了，开门吧。”乔奇的小舅子又说。

“不会吧，怎么回事?”乔奇说。

下边已经传来了敲门声，敲了两下，门铃也响起来。

“来了来了。”乔奇从上边下来了。

乔奇的小舅子身后果真跟着一个年轻的姑娘，一进门，那姑娘就马上去了卫生间。乔奇把小舅子拉到屋里，小声说：“怎么回事，真的又一个？告诉你我今天有事，就不陪你们，你们自己玩儿去吧。玩开心点，有我陪你也玩不好。”

小舅子看着乔奇，说，“是不是我带她来你不高兴？”

“谁说，你来了好，越安静我越睡不好。”乔奇说。

乔奇的小舅子巴不得这样，说，“我们先试试，说不定以后会是什么关系。”

“试吧，跟买东西一样，不合适再说。”乔奇说。

然后，乔奇就拉着小美去了楼上，乔奇准备把那块破毯子给小美用，毯子已经让猫抓得不成个样子，上面满是猫毛，乔奇把破毯子一放到南边露台地上，小美就马上打起嚏喷来，一个接一个，一个接一个。每一声都很尖锐，像是吹口哨。

乔奇的小舅子已经带着那个姑娘站在了乔奇的身后。

“也太夸张了吧。”乔奇的小舅子嘻嘻哈哈。

“它可从来没这样过。”乔奇的小舅子说。

“我得下去走走，我有事约了朋友。”乔奇听见自己对小舅子说，实际上是对那个姑娘说。其实乔奇说下去走走也就是混在游客里到处走走、看看、散散心，老六那边的东西肯定还没有做好，做好会给他打电话。乔奇知道小舅子愿意和那个姑娘单独待着，这种事不用说，谁都清楚。

“这几天没下雨，床单不太潮。”乔奇对小舅子说。

到了天快黑的时候，乔奇还是改变了主意，他还是决定和小舅子还有小舅子的女朋友出去吃顿饭，再说自己也要吃饭，一起吃顿饭，也算是尽地主之谊。乔奇在老六的作坊里也坐烦了，老六给他做的东西也快做好了。乔奇给小舅子打电话，好半天手机才打通。原以为小舅子和他的女朋友在江上看风光，想不到小舅子说他和女朋友还在睡觉，上午出去了一下，从中午睡到现在。

“我们累了，你们吃吧。”小舅子说。

“外边太吵，要不晚上再好好睡？”乔奇说。

“我是越安静越睡不着。”小舅子在电话里说。

乔奇就笑了起来。这话真像是自己说的。

乔奇现在不喝白酒了，偶尔还会来点啤酒和葡萄酒，晚上他在外边吃了一碗米线。他拎着一个购物袋回来，里边是三明治、啤酒，还有鲜花饼和风干牛肉，这可是喝啤酒的好东西，乔奇发现屋里的灯黑着，所以他轻手轻脚地开门关门，进了家，他发现楼下那间屋的门关着，乔奇就打消了想把小舅子叫起来到露台上一起喝啤酒的念头。屋子里是静的，外边的声音却是嘈杂如故。到了睡觉的时候，乔奇又轻手轻脚把所有屋子都检查了一遍。楼下小舅子和他女朋友的屋里偶尔会发出一些响声，但这声音可实在是太微妙了，不仔细听就会被外边的声音淹没了。后来乔奇又去了露台，他还站在南边的露台上朝下看了看，下边的街上游人还很多，江边歌手还在唱。小美是条十多岁的老狗，来了就一直卧在那里，它已经不再打嚏喷。乔奇不知道一旦有了什么事它还会不会叫。后来，乔奇就去睡了，睡之前他喝了一瓶啤酒。乔奇睡着的时候有时候就和没睡着一样，整个人总像是悬浮在空中，乔奇迷迷糊糊中觉得有什么又在响动，迷迷糊糊好像看见自己在屋子里到处走。上来，下去，然后又去了露台，然后又躺下，然后再次起来，直到有一个声音忽然在他耳边说。

“姐夫你干什么呢？”

乔奇给吓了一跳，这一次绝对不是在梦里了，乔奇发现自己站在露台上。

“你半夜三更挪它做什么？”小舅子又说。

乔奇更吃惊了，那个放墓志的架子连同墓志已经被挪动了，挪到通向露台的门口这边。这时候，下边依然有歌声，依然有人群的走动声和一阵一阵的说笑声，还有另外一种声音，像是从很远很远的地方传来，仔细听才能听出那是漓江缓缓流动的声音。

乔奇的小舅子忽然哈哈哈哈笑了起来。

“姐夫你怎么现在还戴着墨镜！”

一地烂泥

那老头儿就那么一直跪着。

有半个多月了，老头儿一直跟着他们，他们拆到哪个地方，他就跟到哪个地方，这也就怪了。一到地方，他就跪下，也不说话，就那么跪着。拆迁是一件很脏很乱很危险的事，房子盖被掀开去，是轰然而起的尘土，墙给推倒，又是轰然而起的尘土。为了把新房子盖起来，旧房子就不得不拆掉，有的房子虽说还能住人，甚至是有的房子才盖起来还没多久，也都得照样拆。这是区上的意见，区上是为了人们好，要重新规划这地方，要让人们住的环境跟画儿似的整齐好看，还要栽树种花，树苗子听说都已经定好了，都是能够从春天一直绿到冬天的常青树。所以过去的房子都得拆，必须拆！拆迁工地就像是刚刚打过一场仗，到处是断壁残垣。还有被人们丢弃出来不用了的破东西，破罐子破缸，一个烂笸箩，又是一个烂笸箩，几个装过油的瓶子，又是几个破油瓶，乱七八糟的东西扔得到处都是。猪狗们不知所措了，这里闻闻，那里闻闻，但最终猪们给“吱吱”叫着不知拉到了什么地方去。狗是乱窜，一时没了主张，突然扬起脸朝着天空乱叫一气，然后歇下声，蹲在那里，东看看，西看看，又突然扬起脸再朝着天空乱叫一气。狗也是有表情的，是满脸的伤心，叫声几近呜咽。因为拆迁，这地方被搞得人心惶惶，人们都像是不过了，又像是一种逃离，但更多的是没办法。搞拆迁的最怕碰上钉子户或像这个从早晨就一直跪在那里不肯挪窝的老头儿。有人认出他来了，这六十多岁的老头儿的房子给他们拆过，拆也就拆了，几乎是所有被拆的人家后来都会各自找到自己的住处，没有这么闹的，一言不发，跪在那里一动不动算什么，为了什么？他到底为了什么？他跪给谁看？而且，拆迁的人们还能记着这老头儿不是这个地方的住户，但他们也说不清他是哪一片的了，问他什么他都不说，就那么跪着，一头的土，一脸的土，一身的土，是个土人。拆房子轰然而起的尘土和别的尘土还不一样，特别的细粉，特别的灰不灰黑不黑，飞起来，扬开去，落下来，就到处都是了。拆迁区周围的树都不能看，树叶子不是树叶子的颜色，树枝子不是树枝子的颜色，都说灰不灰、说黑不黑、说绿不绿，难看死了，真是难看死了。周围的庄稼呢，也这样，还有菜地。这个老头儿就更不能看了，浑身的土，满脸满头的土，脸上出了汗，汗在脸上的尘土上犁开了一条一条的道子，就更加难看，让人看了心里更难受。那边的一堵墙又倒了，轰的一声尘土又飞过来，又在这老头儿的脸上覆盖了一层，他那个脸就更不能看了，这老头儿到底要做什么？他跪给谁看？人人都觉得奇怪，但就是没人去问。这种事现在不少，不用问，都是为了房子，闹来闹去都是为了要政府别拆他们的房子，但像这个老头儿半个多月来一直跟着他们，一直跪在那里就奇怪了，出了什么事？到底出了什么事？有人给这老头儿递烟，问他，但这老头儿就是不说话。他好像拿定了主意，就是不开口，就要那么一直跪下去。又有人认出来了，认出这老头儿原来竟然是乡联校的老师，已经退休了，有人去跟开发商老周说：

“这样的人，不能老让他在那里跪着，当过老师的人。”

开发商老周却忽然一下子火了，脖子一下就粗了：“这种事见多了！”

“听说是乡联校的。”来人又说

“让他跪，铁膝盖，往死了跪。”开发商老周说。

“跪在那里影响也不好。”

“锈不了！”开发商老周说，“我又不是什么狗屎领导，他给谁难看！”

问题是，开发商老周其实早就见过这个老头儿了，他开着车出来进去能看不见他？但他就是没下过一回车，他知道自己一下车麻烦就多了。这老头儿为什么只跟着他们，又有人去问了，给老头儿递烟递火，老头儿还是不说。有人忽然想起来了，这老头儿是七里毛村的，当时他也是这么跪在地上，但他的房子最后还是给拆了，是不是因为房子的事？但他的房子在七里毛村，又不在这地方。

“莫不是，这个村子也有你的房子？”又有人去问了，但老头儿就是不说话。

“你天天跪在这地方也不是个事。”这人对老头儿说，“你可是跟了我们有半个月了，你为什么总是跟我们？天下搞拆迁的又不是我们一家，你不会去跟跟别人，都轮着跟跟。”这个人想笑，嘴咧了一下。

老头儿跪在那里，把脸扭向一边，就更不说话了，他虽不说，问的人心里也明白，要是不拆房子，他也许就不会再跪了。又有人对开发商老周去说了，说这样下去不是回事，这老头儿就跟上班似的，一到开工就来了。

“还带着干粮和水。”

“他想给谁难堪！他以为他当过老师就可以给人难堪！”开发商老周说，“咱们什么没见过，还有喝农药浇汽油的呢。”开发商老周这么一说下边的人你看看我，我看看你，就更不好说话了，工地上数他大，别人还能说什么，那就让这个老头儿跪吧，说他他又不走，到时候还会给自己开饭，把带来的干粮慢慢取出来吃，两个馒头，一大块黑咸菜，还有一瓶水，跪在那里吃，慢慢吃，吃完了人还跪在那里。问题是，他只跪，又不说话，比如，乱骂人，比如，说东道西或干脆躺在那地方把道给挡了，比如，或像有些人一下子就跳起来大喊“毛主席万岁”。这老头儿也就是跪在那里一言不发。所以，让人看了有些于心不忍，又有些害怕，还有些不理解，这老头儿，到底是为了什么呢？但只要他一跪在那里，不管他面向谁，谁的心里马上就不好受，他还能面向谁？在拆迁工地上，他只能面向那些搞拆迁的劳工，那些个劳工也都是从乡下来的，有父有母，有妻有儿，老实巴交，十八九，二十多，三十多岁的都有。只要这老头儿一对他们跪下，他们或者是马上掉过身子，或者是赶紧走开，走到一边去。这样一来呢，拆迁进度就慢下来。

“得想想办法。”下边的人又去对开发商老周说。

开发商老周把脸一下子别到一边去，看不清他脸上是青是白。

“这老头儿八成神经有问题。”这人又说。

“我看他妈也是！”开发商老周说。

“他也不乱骂人。”这人又说，“但比骂人还厉害。”

开发商老周叹了口气，两眼不知看着哪块地方，把笔帽“噗”地拔了一下，又“噗”地拔了一下。“拆迁又不是我的事，这是公家的事，肏他妈的！”开发商老周把笔猛地往桌上一扔，随即又拿起来，又“噗”地一拔，又“噗”地一拔，又在纸上乱写了一通什么，把笔又一丢。看样子，他也没什么主意。

“这老头儿天天吃什么？”开发商老周忽然想起这事了，回头问。

“谁知道，不知道。”

“把咱们的饭菜给他打点。”开发商老周说。

这天，工地吃饭的时候就有人给老头儿舀了一碗菜，那种大烩菜，里边有点粉条有点山药还有豆腐白菜，运气好还能碰到块儿肉。有人把菜给老头儿用缸子打了过来，上面还扣了两个馒头。是做饭的大师傅，说他是大师傅却是个小后生，人长得黑瘦干净，他怎么看那老头儿都觉得他像自己家的一个亲戚，这让他心里很难过。他给老头儿把菜打来了，递给老头儿。

“谢谢。”老头儿开口了，但他不吃。

怎么说呢，这就看出这老头儿跟一般老农民不一样了，毕竟在联校当过老师。他是跪在那里吃，吃完了他自己带的饭，还跪在那里，不挪窝，天很热，人们都担心这老头儿会给晒晕了，但有人说晒晕了最好，横竖晒晕了他就不跪了。不少人都认为这话说得对，天可真是够热，人们都找阴凉的地方去，但老头儿还跪在那里。这真是一件让人心里很不好受的事，有人过去了，还是那个年轻的大师傅，黑瘦干净的小伙子，除了做饭，平时他也没什么事，他给老头儿扔了顶草帽，老头儿把草帽放在一边，没戴，但还是不挪窝，还是跪在那里。拆迁工地上出了这种事，别人都管不了，人们都等着开发商老周出面，因为这里的大事小事都是他说了算，他不出面什么都不好办。在这里搞拆迁的劳工，包括做饭的那个年轻大师傅，还有那几个没什么事做的保安，还有一些个杂七杂八的人，几乎都不是本地人，他们有的是给从河北招来的，有的是从河南招来的。他们都人生地不熟，开发商老周说“人生地不熟才好，没处去，他们才会待在工地上死受”。因为天气热，开发商老周让人弄来七八个空油桶，那些个劳工们可以在里边洗一下臭汗，这日子就算不错了。伙食呢，也不错，整天是白面大馒头，米饭很少吃，因为做馒头方便，菜也过得去，油大，盛在碗里总是油旺旺的让人看了高兴。那老头儿还跪着，一跪一天，几乎是让所有的人心里都不自在，人们都等着开发商老周出面，人们在心里都希望这个老头儿能走开，不再跪下去。他这么跪着，那么大岁数，真是让人折寿，让人们的心里边惶惶不安。但开发商老周一直没露面，这可和以前不一样，以前他们拆迁也碰到过难缠的事，但开发商老周总能解决了。这种事，一是他见多了，每到一个新的地方都差不多能碰到几个闹事的；二是这老头儿也太特别了，居然是跪在那里一言不发。天这么热，人们都说这老头儿跪不了几天就会给晒得中了暑。但半个月过去了，老头儿什么事都没有，就像是上班一样，到点儿他就来了，到点再走。保安拿他也没有办法，工地又不能用铁丝网给围起来，这件事，挺难堪，但谁也没办法，就等着开发商老周出来拿主意，问一下这老头儿有什么条件，怎么回事。这一点，开发商老周会想不到吗？他手下的办公室主任来问过了，但那老头儿什么也不说，问到最后，老头儿总算说了一句话：

“是你说了算？”

“说了算的人去罗马尼亚了。”

办公室主任一半认真一半开玩笑，嘿嘿嘿嘿笑起来。

“你以为我不知道罗马尼亚？”老头儿说。

说到拆迁，没有不头疼的，他们这个拆迁队，计划是顺着公路一路拆下去，知道的人，清楚这里是要修一条高速公路，所以，他们的推进是从东到西，上边已经对他们的进度提出批评了，但怎么说呢，批评归批评，进度归进度，几乎是所有的拆迁都不会快，都会像是蜗牛在那里爬。这边拆房子，那边收破烂的来了，蹦蹦跳跳的四轮子车，人坐在上边像是给安了弹簧，一弹一弹，高起来低下去，高起来低下去。他们来收门窗，收椽檩，各种的破烂一一都有去处，没人收的那些东西又都给扔出来，这地方就更乱。地上呢，到处是泥泞，原来没现在那么多泥坑，却被蹦蹦跳跳的收破烂车给压了出来，被拉煤的大车给压了出来，现在到处是深深浅浅的泥坑，还到处是泥泞，人在上边走，须叉开腿。动物里，猪最愚蠢不过，有一头猪给陷到泥坑里了，“吱吱”地尖叫，有人能听懂猪叫，知道那是在喊救命，果然有人拿着绳子杠子来救它了，但人一下去马上也都陷在了里头，这下可热闹了，又有人来了，这回是要先救人，把陷进去的人救上来再说。这个给陷进去的人自然不会有什么事，这又不是荒野，人给拉上来了，那头猪却没了，已经陷到泥里去了。到最后也没事，照样会给弄出来，却已经是死猪了，猪虽没了气，但肉却还能吃，工地上的劳工们就猛吃了两天猪肉。六月过了是七月，七月过了是八月，八月九月，到了十月，是县里的旅游节，上边下来了命令，这一带的环境整治九月底无论怎么都得做完，房子是立马盖不起来了，经过研究，区里又有了新的方案，要在旅游节前种树，道边种树，还要沿着主要的公路两旁砌墙，无论里边怎么乱，一砌墙一种树就都给遮住了，这是没办法的办法。因为要赶进度，分管这一片的副区长那天要下来了，副区长姓白，听说和开发商老周是同学，白区长可真是年轻，看上去比开发商老周年轻得多。不知谁给他找了一双长筒雨靴，他就穿着那长筒雨靴到处走，“咕叽咕叽，咕叽咕叽”，主要是看道两边，因为旅游节，必须要一边拆一边就把道边的墙马上砌起来，树也要马上种下去，这么做是为了遮丑。白副区长在前边走，开发商老周在后边跟着，手里拿着一根蒲棒，他们刚才去了一下那块洼地，洼地边上都是蒲草。因为前天的雨，地上到处是泥泥水水，到了中午，白副区长他们就在工地吃饭，说是吃工作餐，开发商老周叫人去搞了不少鸽子，鸽子肉稀罕。现在区上下来人检查工作都不敢到大饭店去现眼，但工地上照样要什么有什么，除了鸽子肉，还又从饭店里要了些个菜，再用车热乎乎地送过来。饭桌就摆在开发商老周的办公室里，两张办公桌拼了，坐七八个人很宽绰，外面又阴了，大堆大堆的黑云立着，气势汹汹地从四面八方过来了，看样子要来场大雨。下雨天正好喝酒。喝酒就是为了热闹，没人怎么热闹？开发商老周和白副区长既是同学，他们就又给另外的几个同学打了电话。开发商老周又悄悄把办公室主任拉到没人处，要他去办件事，办什么事？要他去看看那老头儿，现在在什么地方，要他走开，这天看样子马上就要下了，“他跪在那地方，让客人看了也不好看。”办公室主任看着开发商老周，看着那个瘊子，开发商老周的右眼下有一个豆粒大的赤红瘊子。办公室主任心里想，原来你也有觉着不好看的时候，但办公室主任还是去了。去把老头劝开也是件好事，趁着这雨还没下。

办公室主任知道老头会在什么地方，左拐右拐，右拐左拐，他老头儿果真在那地方，身子挺得不是那么直了，是跪坐着，这真是让人不知道说什么好，工地上许多人都认为这老头是个神经病，不少人都说也许他真是个神经病。

“你总这么跪着不是个事。”

办公室主任蹲下来，对老头儿说。

老头儿把脸扭开了。

“你看天，马上就要下雨了。”

办公室主任又说，已经把烟摸出来。

办公室主任再说什么，老头儿都不开口，递烟，也不接，只是跪在那里。办公室主任说你有什么你就说，你看这天马上就要下了。办公室主任一过来，就有人跟着围了过来，正是吃饭的时候，那些个劳工都在吃饭，他们吃饭是每人捧着一个很大个儿的碗，他们吃饭是没有桌子的，他们捧了那很大的碗或蹲着，或站着，或者就不知走到什么地方去了，或者是几个人边吃边说话。办公室主任一过来找老头儿说话他们就边吃边围过来了，但围过来的人忽然又散开了，捧着他们的大碗，有风“呼”地一吹，吹过来了，猛地一吹，猛地又一吹，这样的风，只有大雨来临之前才会有。天真是要下雨了，那一堆一堆立着的黑云这时候又都趴下了，已经在天空上铺排开来，要连在一起了，翻滚着，走得很快，好家伙，转眼已经连在一起了，天更黑了，已经看不到一朵一朵的黑云了，整个天都是黑的了，雨点子已经落了下来，人们一下子散开，办公室主任也闪开了，那个院墙已经被拆完的房子前，只有老头儿一个人在那里跪着。雨是一下子猛然大起来的，地上、屋上、树上，近处、远处都是一股一股的白烟，冒白烟了，这雨可真够大，有两个人忽然冒着雨跑出去，把老头儿架了起来，拉到不远处准备要拆的屋子里去了。只是一会儿，那老头儿又从屋里趺趺撞撞跑出来了，那么大的雨，瓢泼似的，老头儿又跪在那儿了，老头儿身上冒白烟了，头上也在冒，那雨有多大。老头儿又回到原地跪下了，屋里躲雨的人谁都不说话，都大睁了眼，这不但是让人害怕，而且是让人心惊。

“好家伙！”有人说。

“别让雨给拍坏。”又有人说。

“雨可真能拍坏人。”旁边又有人说。

人们都不再说话，都看着雨里的老头儿，因为雨大，白蒙蒙的那么一个人。

办公室主任给开发商老周打了个电话：

“这么大雨，根本就拉不回来，这么下去也许会出人命。”

开发商老周的电话里一下子就没了声音，静得一点点声音都没有，那边的人在喝酒，喝酒就要说话，要敬要劝，要说七说八，但电话里就是听不到这些个，后来这个电话就给关了。办公室主任看看外边，想跳出去，又缩回来，又缩在准备给拆掉的屋子里，雨这么大，他也去不了别处，他只好愣在屋里看雨。按理说他还要到那边去敬酒，但这要等雨小小再说，和他一起待在这个准备要拆掉的屋子里的还有捧着大碗吃饭的劳力，他们也只能是叫劳力，他们是工人吗？不是，他们是农民吗？也不是，他们没什么技术，拆房也不要什么技术，所以说他们只能被叫作劳力，这几个劳力已经吃完了，但他们也出不去，雨下得很大，但他们都担心那老头会出事，给这么大的雨淋着，白蒙蒙的，因为下雨，到处是雨的气味，说腥不腥，说臭也不是，是土气，还有点别的什么味道，又像是很好闻。泥土的味道原是好闻的，要是不下雨，那味道就给藏在土里，一下雨，那味道就出来了。雨不见小，还大着，但雷已经远了，但还是连声不断，像是有无数的人在天上推碾子，已经推到了天边。但忽然，这雨又他妈回来了，好像它们又不愿去天边了，后悔了，雨再次“哗哗啦啦”大起来，天上的那些推碾子的人又把碾子推回来了，“轰隆隆轰隆隆”在人们的头顶上推，地上、树上、房顶上，远远近近又都重新冒起白烟，好大的雨，那老头儿，还在大雨里跪着。但毕竟这雨让他受不了，他缩成了一团儿，人像是一下子小了一半儿。这时有人一跳一跳过去了，是那个做饭的年轻大师傅，他把一个很大的红塑料盆子扣到了老头儿的头上。雨落在盆子上，简直就是敲鼓，嘭嘭啪啪，嘭嘭啪啪，雨可真是不小。

“好家伙，这老头儿！”有人说，在屋子里说。

这时候，又有人从远处跑过来了，因为雨大，跑过来的只是一个白蒙蒙的人影，这个人也不打伞，再说这么大的雨伞怎么打得住，这个人也没穿雨衣，这个人朝这边一跳一跳跑过来，在屋里避雨的人都以为这人是跑过来避雨的，但他们都忽然给惊了一跳，从那边跑过来的人是冲着跪在地上的老头儿来的，这人跑过来了，跑过来了，动手拉扯那老头，还大声说着什么，办公室主任马上就凭声音听出来这是开发商老周。开发商老周要往起拉老头，老头身子忽然失了重，朝后边倒了一下，还没等开发商老周去扶，老头儿马上又立起来了。接下去的事就更让在屋子里躲雨的人吃惊了，他们看见开发商老周激烈地对老头说着什么，比画着，说着，大声说，再比画，再说，忽然开发商老周也不拉了也不拽了，对着那老头，也直挺挺一下子就跪了下来。雨那么大，在开发商老周身上溅起白白的水雾，两个人这会儿都是白的，是雨人，是雾人，是不知道像是什么人。开发商老周和那老头说什么这边的人根本就听不见，但更让人吃惊的是开发商老周不但跪下来，他大声说，大声说。但人们听不清他在说什么，突然，开发商老周一下子趴下了，伸开四肢，一下趴下，趴在泥水里边。

“是不是喝坏了?”办公室主任听见自己对屋子里的人说，这事他可不能不管，下这么大的雨，办公室主任从破屋里一跳一跳跑了出去，“咕叽咕叽咕叽咕叽，咕叽咕叽咕叽咕叽，”办公室主任跑过去了，蹲了下来，他想自己怎么也要把开发商老周先弄起来再说，这是怎么回事？

“别管我，他让我起我就起。”开发商老周大声说，不像是喝多的样子。

“快起快起。”办公室主任说，喝多了也不是你这样。

“他让我起我就起，他让我死我就死！他是我老师！”开发商老周的脸是青的，大声说，大声说。办公室主任想不到会是这样，愣了一下，看看老头儿，又要往起拉开，但任办公室主任怎么拉开发商老周都不起，一个大字，趴在地下，脸侧着，地上、身上、脸上、头发上都是雨水和烂泥。办公室主任愣了一下，眼前这个老头，想不到竟然是开发商老周的老师，这老头儿也一样，直橛橛跪在雨里泥里，一身一脸一头的烂泥。

雨下着，到处是烂泥。

帽子桥

怎么说呢，这个桥叫“帽子桥”，为什么叫“帽子桥”呢？因为它像顶帽子，英国兵戴的那种前后两头尖的帽子，就那个样儿。人们站在桥上不难看到桥下，桥下会有什么呢？下面有巨大的水泥桥墩，还会有什么呢？这个桥既然坐落在这个城市的中央，所以在桥的中间部位还有供人们上上下下楼梯样的斜道。从这斜道下去就可以走到下边那狭长的一片说花园不是花园说绿地又不是绿地的地方，而其实它更应该像是像古人说的洲，只不过被绿化过了，到了夏天会开出各色的碎碎的花。虽然是各色的花，其实却只是一种，这种花在早上和晚上都会轰轰烈烈地开一阵子，到了中午它又不开了，所以早上和晚上这桥下就像是显得特别的热闹，有认识这种花的，知道它叫“晚饭花”，为什么叫“晚饭花”？因为它总是在人们吃晚饭的时候才开，所以就叫晚饭花。而有人愿意抬杠，说这花早上吃饭的时候还开呢，怎么就不能叫“早饭花”？这话是真的，吃早饭的时候它也轰轰烈烈地开，所以人们又叫它“早饭花”，这花虽不那么惊天动地的好看，花名却让人觉着亲切，与饭有关系，有饭吃和到时候就可以吃到饭总是一件好事，人活着还不就是为了吃口饭。这是花，然后就是河水，这条河，怎么说呢，既在城市的中心，便像是有了某种装饰的意味。河水总是在流动，而这桥下的河水却像是静止的，是平平的一个面，早上或晚上都会有人在河两边垂钓，趴在齐胸高的水泥台子上。那水泥台子其实就是河堤，来这里垂钓的人多是下岗或退休的，戴着草帽或别的什么帽子，还备有干粮和水或别的什么，比如一个尼龙条儿编的篮子或者是一个别的什么袋子，钓鱼的人特别能熬时间，静静地一待就是一天。太阳厉害的时候他们就会躺到水泥堤坝的阴影里去睡一会儿，直睡得满头大汗。竖在那里的钓鱼竿上有一个小铃，鱼上钩的时候小铃就会乱响一气，躺在那里的人便会一个翻身跳起来，而往往又是空钩，有时有鱼给钓上来了，远远看去只有一个小小的银闪闪跳动的光点，不用问，那鱼小极了，是小得不能再小。有人过来问了，这河里有大鱼吗？答话的人必定会说前几天有人钓了这么老大的一条，大小怕有十多斤。答话的人还张开双臂，这么一来呢，问话的人就更不会相信了，就这样的河，那么大的鱼？会吗？

这座桥，是东西向，桥的东边，沿河是条南北向的路，叫广曲路，路边是一个一个的小区，都紧挨着。再下去，还是小区，小区的外边是一家一家的商店，但饭店像是更多一些。一家饭店，过去，又是一家，再过去呢，又是一家。而这地方的一家陕西人开的饭店生意像是特别好，人们也像是特别爱来这地方吃碗浆水面，或者是油泼面，是陕北的那种辣，浮在油的香气之上，感觉这辣就特别的厚实，特别的香。所以一到了晚上，饭店非要把桌子摆到饭店外边来才可以应付局面，人们也乐于坐在外边吃，一是凉快，二是可以看看来来往往的人。坐在饭店外边的桌上，还可以看到河那边的动静。其实那边也没什么动静，有什么动静呢，谈恋爱的，在堤坝上，搂在一起，不能再紧，虽然天热。不谈恋爱的蹲在这边看那边谈恋爱的，也同样的激动，希望他们最好能够再深入再激情一点，但因为靠近路边，他们的想法往往落空，谈恋爱的还是比较节制。这边的陕西馆子的南边还有一条路，一直往东走，就是一大片的小区。因为天气热，到了晚上，人们都坐到外边来，打扑克的、下棋的、说话的、吵架的、劝架的、拉胡琴的、吹笛子的什么人都有，还有放风筝的。大多是老头儿，到了晚上，这些放风筝的老头儿就都一齐上了桥，在桥上放，他们放风筝，头仰得老高，也顺带着卖风筝，如果有人买的话。还有打太极拳的，打太极拳那些人要下到桥下边去，在桥下边打，但他们都会走远一点，离那一箱一箱的蜜蜂远一些，他们都觉得那些蜜蜂有些讨厌，他们怕被蜜蜂不小心蛰了。打太极拳的人比较固定，他们是每天早上打一回，晚上再打一回，还放着音乐，是广东音乐。这是桥上和桥下，桥东桥西呢，桥东就是那个小区，小区口上那个卖各种小食品的小铺，一年四季都不关门，什么时候去都有人，小铺门口立着一个很大的红颜色的冰箱，那么大的一个冰箱，总是立在那里，永远没见过谁把它搬进过铺子里，冰箱里照例是各种的冰镇饮料。开小铺的是一对安徽那边来的年轻夫妻，为人特别的和气，人也像是特别的勤快。这小铺的门口还摆着老北京的酸奶，那种小瓷缸酸奶，用一张纸蒙着，橡皮筋箍着，喝的时候只需把一根极管往上边“噗”地一插。人们特别爱喝这种酸奶，为了不再回来退那个笨瓷缸，人们一般就站在那儿喝，喝完了走人。一边喝一边和开小铺的安徽人说话，吃什么了？晚上准备吃什么？“茄子，”开小铺的安徽小伙儿说晚上要吃个火烧茄子，“加大蒜。”小伙儿又说，说这样的火烧茄子最好吃了，就什么都行，馒头，面条，就它都行。人们都知道开小铺的安徽两口子做饭就用那个小蜂窝煤铁皮炉子，那炉子就摆在外边，总不得闲，一会儿水开了，一会儿上边又在蒸老玉米了，一会儿那炉子上又在炒菜，想必那茄子也要在那上边烤。那女的，真是年轻，模样就像是还在上学的中学生，却是两个孩子的母亲。她的手脚像是特别的麻利，到了晚上，别人在那里打扑克、下棋，她会烧一壶水给人们喝，这壶水喝完了她会再给人们烧一壶。没事的时候她又在那里择菜了，都是卖剩下的各种菜，豆角和茄子都切了，晾在那里好冬天吃。她还腌泡菜，那个大个儿的玻璃泡菜坛子也放在门口。他们的小铺很小，两口子在货架后放了一张床，很窄很窄的一张床，简直是一个窄条儿，因为窄，也许都不能算是床了，这就是他们歇息的地方，但这两口子怎么歇，简直就是个秘密。再比如，人们说，这两口子总要做夫妻的那种事吧？但他们怎么做？什么时候做？谁都想象不来，人们忽然都很同情这年轻的两口子，如果是一般的人，整天像他们那么忙来忙去，身体肯定会受不了。但这小两口，身体总是那么好，出来进去出来进去，一会儿也停不下来。因为他们的小铺紧挨着路口，又总是亮着灯，后半夜，乃至凌晨，时不时都会有人过来买东西，大多是跑夜车的司机。那个老王，也就是对面小区看门的，对这小两口说，“要是换上我，让我这么忙，我早玩儿完了。”这小两口，男的比较爱说话，女的也只是笑，总是在笑，小伙儿说了，“我们总比桥下那家人好。”他这么一说，老王就朝那边看，其实他什么也看不到，那边有树，有花池子，花池子里是晚饭花。除此，别的他什么也看不到，更看不到桥下那家人。

老王说，“昨天又看到那孩子了。”

“不像是捡破烂的。”老王又说，说那孩子穿得挺干净。

开铺子的小伙儿停下手，想了想，其实他也是白想，他也不知道桥下边养蜂的那家人家的孩子做什么？那孩子不小了吧？像是十七八了，十七八还能叫孩子吗？但不叫孩子叫什么？管他叫什么。其实谁也没时间去看那孩子做什么，这当然也包括开小铺的安徽小伙儿，他只是想自己现在的情况要比桥下边那家人好多了。那家人，应该是一家人吧，就住在桥下，连堵墙都没有，只有一排一排的蜂箱。因为在桥下，好处就是他们淋不到雨，如果雨下大了，雨水会直接流到了河里，所以，他们选择了住在桥下，在那地方放养他们的蜜蜂，如果蜜蜂可以说放养的话，但他们其实也不能说是放蜂，他们几乎整年都在那里待着，让人们知道放蜂和放羊毕竟不一样。这个城市，有开不完的花。怎么说呢，他们住在桥下真是要比在别处好。白天，他们不知都去了什么地方，只有蜂箱在那里，还有飞来飞去的蜜蜂。有时候，人们吃早饭的时候，可以站在桥上看到他们还在睡觉。两只光脚在外面露着，身子给看不出是给什么颜色的被子盖着。这是夏天，到了冬天，这家人怎么还会在桥下？蜂箱也在桥下，只不过给盖上了东西。有几回，老王看到桥下边的人在打衣服，是那个女的，衣服上有许多白粉，“啪啪啪”打好一气。有时候，人们还可以看到桥下边的人在吃饭，也不知道他们在吃什么，反正是埋头在那里吃，谁都不抬头。这天早上，开铺子的安徽小伙儿看到一个中年女人，轻手轻脚下了那个斜桥，手里拎着个塑料袋，走到桥下边那家人的旁边。那家人都还睡着，这个女的把塑料袋轻轻放下了，安徽小伙儿当然猜不出那塑料袋里放的会是什么，但可以肯定的那是吃的东西。是吃剩下的还是专门买来给桥下的那家人的，这让安徽小伙儿想了半天，这让他只觉得有些温暖。只觉得那女的心真好，心真软。

“问题是，他们连个电视都没有。”安徽小伙儿突然说。

“连灯都没有，还看什么电视。”老王说。

“养蜜蜂麻烦事。”小伙儿说自己最怕蜜蜂了。

“也有好处。”老王说。

小伙儿看着老王，想知道他说的也有好处是什么好处？

“住在那下边不用交房钱。”老王说。

小伙儿就“呵呵呵呵”笑了起来。

在桥下养蜂的这一家人，已经在桥下住了一年多了，一年四季，风风雨雨，这不由得让人想他们的家会在什么地方？河北呢还是在河南？或者是山西，也许又会是山东？如果他们只是在桥下短暂地待那么几天，人们就不会有太多的想象。因为他们待的时间真是太久了，和他们的蜜蜂在一起，春天过了，夏天还在，夏天过了，秋天还在，秋天过了，冬天还在。这不能不让人们在心里，怎么说呢，有那么点难受，怎么回事？他们的家呢？他们难道就没个家，他们的家在什么地方？或者是，出了什么事？怎么连冬天都待在这个地方。甚至有人想他们会不会是逃犯，犯了事，有家难归。但想想又不可能，他们毕竟有那么多蜜蜂，人们还看到他们在桥上卖蜂蜜，还卖蜂王浆，还有黄黄的花粉。附近人们对桥下这家人的态度，怎么说呢，是心里有，而又不便过去搭讪。有时候，有人把一双穿过的鞋子放在那里了，意思就全在里边了，就是送给这家的人穿；有时有人把几件穿过的衣服也放在那里，也是放下就走。衣服的大小，能不能穿，谁也不知道，但是有这个心思。天冷下雪的时候，走在桥上的人会不由得停下来脚步朝下边看，下边的人用被子把自己蒙得严严实实还没起来，一动不动。这时候河里都已经结了冰，到处是白茫茫的，西北风刮得很紧，人们担心了，人们怎么能不担心，桥下这一家人露天睡在那里，他们会不会冻坏？会不会出什么事？这么大个城市，那么多的房子怎么就没他们的一间呢？他们为什么不回家去？他们的家在什么地方？人们站在那里朝下边看老半天，但不用担心，到了晚上天快黑的时候，桥下边又有动静了，是那个女的回来了。那个女的白天的时候总是不在，只有那个男的在弄他的蜜蜂，人们总是看到一团一团的蜜蜂围着他。有时候人们看见他蹲在河边洗手，人们就想他那手上该有多少蜜啊，都洗到河里了。附近的人们天天要从这桥上过，不是从桥西边过来就是从桥东边过去，所以能天天看到这一家人，还有他们的蜜蜂。桥的西边有两个学校，还有一个花园，早上去西边送孩子上学的人就要从这个桥上过，晚上再去一次，这次是去把孩子从学校接回来，过了桥，桥头那地方还有一个门脸朝东的小饭店，那种在北京到处都可以见到的炒肝儿小店，顺带着卖小笼包子，还有稀粥，过了炒肝儿店，紧挨着是一家新疆人开的“马克西姆”饭店，里边有馕包肉，很好吃，还有烤肉串。夏天的时候，比如这几天，天是特别的热，人们就爱坐在外边吃烤串儿喝啤酒，一边吃一边看河里的人在游泳，这在白天不可能，谁也不能下河，到了晚上就没人管了，桥下的水又不深，站起来，水才齐人腰。天气太热了，不少人都下水了。而开小铺的那个河南女人也往往在这条河里洗她的菜，只不过她是在河这边洗，下河游泳的人都在河那边。她要把第二天卖的菜都在河里泡一泡、洗一洗，到第二天菜才不会发蔫，桥下的这条河，总是那么平静，但碰上下大雨的时候水会猛涨，据说有一年水都淹了桥栏，但人们谁都不相信会有这种事，那要有多么大的水，人们在桥上说这话的时候，会忍不住要往桥下看，下边的河水，真是沉得住气，慢慢流着，不细看简直就看不出它在流动。人们看到了，桥下那家养蜜蜂的人正在吃饭。有一只风筝忽然栽下来了，放风筝的人都知道，收风筝的时候，风筝有时候会猛地一下子栽下来。这时就有一个风筝栽下来了，下边的那个养蜂的马上把风筝举着送上来了，这人什么模样，说话什么口音，没人留意，就像没这个人。

“妈的，让你栽，浮——”

放风筝的把风筝接过来了，朝风筝吹了口气。

那个看门的老王这天来了，手里拿着个很大的搪瓷茶缸，说是要一点开水，倒了开水他又不走了，像是有话对开店的安徽小伙儿说。小伙儿能看出老王的兴奋，这时候有人来买烟了，小伙儿把烟和要找的零钱递给买烟的。这时候那个岁数都一百多岁的老太太又出现在垃圾箱旁边了，拄着一根拐杖，她一天到晚总是在垃圾箱里翻垃圾，孩子们谁都管不了。人们说，都一百多了，她爱做什么就让她做什么吧！要是不让她做，也许她就活不成了，人们说就当是她的一种爱好吧。人们都不知道这老太太怎么就活到了一百多，而且还能听见人们说话。还能把捡到手的垃圾弄回家。这个小区，原来是一个村子，后来地被征了，就有了现在的小区，但许多的村民还住在这里，不同的是他们的平房和院子都没有了，他们都住在小区的楼房里了，没地种了，他们熟悉的老玉米了，高粱了，谷子了，或者是白菜啊，菠菜啊，萝卜啊，都一下子离他们老远了。他们过上了全新的生活，但他们未必就喜欢这样的生活，他们争着抢着又在院子里种东西，丝瓜、玉米、老倭瓜，还有向日葵。这样一来呢，让这个小区有了别样的景致，那几棵香椿树，春天刚刚来到的时候可真是受了大罪，才长几簇嫩芽就给人们打了，再长，马上又给人们打了。打来打去，人们都觉得今年这香椿怕是活不成了，但天大热起来，吃香椿的季节一过，这香椿树又蓬蓬勃勃起来，人们有时候会抬头看看它，说一句，“这香椿还真能长!”不知是夸奖呢还是在说这棵香椿的不是。住在这里的人们，现在也都习惯了这里的日子，楼虽高，老太太老头儿们上来下来也没觉得不方便，因为有电梯，那个已经活了一百多岁的老太太，过惯了拾拾捡捡的日子，谁能不让她来捡垃圾呢？她还有一个邻居，也快一百岁了，也是个老太太，而这个老太太岁数太大的结果就是总是记不住自己的家门，到时候就会到处敲门，敲得很响，人们一听到这敲门声，不用问，是老太太找不到自己的家了，就会有人把老太太慢慢送回去，这个老太太的儿子六十多岁了，但还没结婚，邻居们说这孩子可孝顺呢，他不但有这么个老妈，还有那么个老爸，老爸白痴了，大冷天穿条秋裤就出去了，到处走。在屋里的时候呢，会到处撒尿，这样一对老夫妻，这样的老爸老妈，再孝顺的孩子也受不了，他们那六十岁还结不了婚的孩子有时候会大声地骂人，骂得声音很大，连楼下院子里的人们都能听到，但他骂谁呢？下边的人谁也听不出他在骂谁，人们知道这只是一种发泄，一个这样的妈，一个那样的老爸，够他受的。老王往那边看看，说，像这样，我可不愿活一百岁。开小铺的安徽小伙儿说，活多大可不由人。老王不看那边了，那老太太也没什么好看，老王把话一转，说："你说我看到谁了？"小伙儿看着老王，说："是不是老刘？出院了？"老王说，"什么老刘，是那个桥下的。"桥下的有什么好说呢，其实也没什么好说，老王说他看到那个女的了，就在卖杂粮面的那个店里头。

"哪个店？"小伙儿说。

“还能有哪个店?”老王说，过了花园北门往西超市门口的那一家。

安徽小伙儿想起来了，顺着河往南走，再往西，再朝南就是那个老花园了，那个老花园里边的大湖当地人叫“龙潭湖”，也不知有多少年了，人们叫那个花园就叫“龙潭湖”。开店的安徽小伙儿喜欢那地方，早上那地方可真是热闹。

“那女的在那里卖杂粮。”老王说。

“就这事。”小伙儿笑了一下，他以为老王有什么大事要说呢。

老王看着小伙儿，说：“他生活也许一点都不比你差。”

“为什么非要比我差呢?”小伙儿在心里说。

“你别看住在桥下，他一年到头什么都省下了。”老王又说。

“换个人也不会住那地方去。”小伙儿说。

“这种人可尖呢，可有心机呢。”老王说。

开店的安徽小伙儿忽然觉得心里有那么点难过，他不想说话了。

“要下大雨了。”老王说没见过天这么热的。

“就是热，真热。”小伙儿说。

“天黑就好了。”老王说。

小伙儿知道天黑以后老王天天都要下河游泳。

“多好，顺便连澡都洗了。”小伙儿对自己老婆说，小伙儿也很想下河去凉快凉快，但他不会游泳，所以他也不敢下去。

“我要是会游泳就好了。”小伙儿说。

“瞎扑腾，扑腾扑腾就会了。”老王说。

“别下去。”小伙儿的媳妇马上在一边说话了。

“旱鸭子还想戏水。”又来一句。

“晚上可真要下了。”老王说这天儿热得可真是有点不像样。

老王看了看天，天上没多少云彩。

开店的安徽小伙儿也跟上抬头看了看天。

“老天爷的事谁也说不准。”小伙儿说。

天真是太热了，闷热闷热的，小伙儿提了桶水到里边冲凉去了，也就是用毛巾这里擦擦那里擦擦，但一会儿汗就又出来了。

“妈的，这么热。”小伙儿说。

“下场雨就好了。”他媳妇说。

雨是后半夜才下起来的，这雨可真是下得大，因为是后半夜，人们都睡了，雷声，雨声，风声一下子就都来了，雷声肯定是在天上，从天下往下劈，一下子就劈下来，而风声和雨声却一时没了方向，从什么地方“轰隆隆轰隆隆”地刮了过来，刮倒了什么，又刮倒了什么，发出了巨大的响声，又朝什么地方“轰隆隆轰隆隆”地刮了过去，又刮倒了什么，又刮倒了什么，又发出了怕人的声响。许多人都给猛的一个又猛的一个的焦雷炸醒了，他们从睡梦中惊坐起来，很快又躺下去，很快又睡了过去，但马上又给下一个焦雷吓醒。晚上的这场雨有多大，人们大多都不知道，但人们都知道夜里这场暴雨肯定是小不了。天亮了，雨几乎停了，但还零零星星地下着，有人出去了，惊叫了，又有人出去了，又惊叫了，到处都是一片惊呼尖叫。有人看到了自家的车给倒下的树压坏了，车窗玻璃已经粉碎了，已经变了形，但还在汽车车窗上挂着，有人看到了不知从什么地方刮来的一个巨大的广告牌子，广告牌子上的美人的脸给撕成了三角裤衩的模样，美人的半张嘴和一只眼还在上边盈盈地笑着。开店的安徽小伙儿先出去，他一眼就看到了横躺在路上的那棵树，再往外走，他又马上跑了回来，因为水已经漫到了他的脚脖子。他把鞋脱了，又从小铺西边出去，眼前是白晃晃的一片，都是水，他看不到路了，到处都是水，还有被风吹倒的树，它们是枕藉相卧，再往外走。安徽小伙儿看不到河了，因为那河水早已经和路上的水平了，是一大片的水，有一辆小汽车在水面上漂着，过来了，又过去了，河面上，又有一辆小汽车漂下来了，很快就又过去了。小伙儿张大了嘴，这太让他吃惊了，他看到了帽子桥，帽子桥现在可真像是一顶浮在水面上的帽子。许多水面上的漂浮物漂到帽子桥那地方就漂不动了，都在桥那地方聚集起来，因为水已经几乎漫到了桥上。

这时候安徽小伙儿听到了身后有人叫了一声。是老王。

“完了！完了！”

安徽小伙儿掉过了脸。

“完了！完了！”老王大叫着，指着帽子桥。

“那家人完了！”

小伙儿朝那边看，那边有什么呢，还是白花花的水，水一直漫到了桥上，和桥平了，那家人，还有他们的蜂箱，到底是在水底还是在别的什么地方。这时候水面上又漂来了东西，是一棵大树，在水里沉沉浮浮地漂过来了。又一棵树，又漂过来了。这些水面上的漂浮物都聚在了帽子桥那里，是帽子桥拦住了它们的去路，这样一来呢，它们怎么能不愤怒了起来，它们挤在一起，你挤我我挤你地在水面上堆了起来，它们的意思也不难看出来，它们想返身回去，但它们的想法不能实现，河里的水推着它们，它们只能越堆越高。有人说再这样下去帽子桥就怕保不住了；有人说这场雨可真够吓人，昨天晚上那雷打得可真够厉害的。

不管人们怎么担心，不管人们怎么害怕，到了这天下午，水还是慢慢慢慢小了下去，帽子桥的桥身，桥墩子慢慢慢慢又从水里显露了出来。又过了一天，河水又回到了原来的那个位置。开店的安徽小伙儿和那个老王最关心的是桥下边的那家人，还有那些个蜂箱。但那下边现在是什么也都没有了，水把那地方冲得干干净净。老王把这两天的报纸看了又看，这天他终于觉得自己有点傻，他觉得自己应该去那个杂粮店去看看。

“那女的好几天都没去那地方上班了。”

老王还专门过来告诉小伙儿，说那个女的好几天没去那个店里上班了。

这时候有人来了，要买盒烟，小伙去招呼了，他听见老王还在那里说：“那家人呢？那些个蜂箱呢？”

“你说他们，你说他们，你说他们，晚上那么大的雨。”老王又对小伙儿说。

小伙儿不知道该怎么回答，这时候又有人来了，要两瓶酸奶。

“你说他们会不会？”老王又说。

小伙把酸奶递给顾客，不知道该说什么，心里很不是滋味。

这天下午天又阴了，而且阴得很厉害，但到了晚上却没有雨从天上落下来，天又很热，许多人又都下了河，老王当然也下了河。他下了河，却没像往常那样沿着河沿儿游，而是朝河对岸，朝桥那边游，他一直游一直游，一直游到了帽子桥那边，他趴在水泥墩子上往那边看了一下，桥下边什么都没有了，只有一层厚厚的淤泥。

登东记

说到厕所，过去的大杂院、平房、机关大院、电影院、浴室、理发店到处都有，在街上，走不远也都会有个厕所，没厕所能行吗？不行，人们吃了就要拉，一个人不拉屎能成吗？一天不拉还行，两天不拉这个人就会急了，三天不拉就得看医生了，如果十天半个月不拉那事可就大了，到时候你自己都会往医院里跑，找医生去为你灌肠，那可不是什么好事。没人愿意脱掉裤子让医生给你做那事。我们早先住平房的时候，那是很大的一个院子，房子是一排一排的，大门在北边，一进大门，左手是一排一排的房子，右手也是一排一排的房子，一共几排呢，左右一共十二排，也就是说左边从北到南是六排，右边从北到南是六排。这个院子不能算小，而那个大厕所在院子的南边靠东的地方，厕所当然会分男厕所和女厕所，男厕所在南边，女厕所在北边。厕所的门开在院子里，而可以淘茅厕的那些个粪坑却是在院子外边。那时候，乡下的老乡们会定期过来淘茅厕，也不会惊动什么人，在院子外边就可以解决了，因为我们那个院子的厕所很大，淘茅厕的一定会赶着一挂大车来，大骡子大马拉得那种大车。要是在夏天，下了急雨，雨水灌进了厕所，这就是麻烦事，就会破例要人去把话捎到乡下，让乡下人进来一趟把粪淘一下。夏天的粪车上是许多大木桶，那木桶可真大，一个挨着一个，都还有盖子，是专门用来盛大粪的。因为是夏天，茅厕里的大粪是稀的干的都有，很不好淘，不像是冬天，大粪都冻硬了，硬得简直像石头一样，得要用工具把它们一块一块破开才能装到车上。所以，进城淘大粪最好是冬天，夏天干这活儿，谁都不会太愿意。但我们那个院子的厕所因为淘得勤，从来都不会稀汤洸水漾得满满的，除非是连着下几天大雨。乡下人进城淘大粪的时候，会在院子外的茅厕坑后边喊几嗓子，去解手的女人们就知道后边在淘粪了，该去的也就不去了，多走几步去别处解决了。我们那时候住的大杂院通称“互助里”，这真是个很好听的名字，有劝诫的意思在里边，要人们凡事都互相招呼互相帮助着点。那时候谁都知道互助里是西门外一带的大里，分一栋、二栋、三栋、四栋、后来又有了五栋，每栋都有厕所，去厕所不会是个问题。而我们的小学校却只有一个，在三栋和四栋之间，那是一片空阔的地方，可以让孩子们跑操踢足球，互助里五个栋的孩子们都在这个学校里边读书。学校里的厕所也是厕所门开在院子里，淘大粪的坑却在院子外。冬天淘大粪，可也真是辛苦，整个人要跳到茅厕坑里去，去用铁钎子、铁铲子，“吭哧、吭哧”地把给冻得结结实实的大粪弄成一块儿一块儿的再装车。虽说是弄大粪，但这也是技术活儿，把冻得很结实的大粪铲成方方正正的块儿再装上车不是件很容易就能做到的事。这时候一辆车恐怕不够，也许就来了两辆或三辆车，这往往是过春节前的时候，乡下那些勤劳而辛苦的人会把茅厕坑里的粪清理得干干净净，再把车装好了，然后，赶走了。这么一来，人们就可以过个很干净的年了，春节前清理茅厕大粪的时候，街道干部会出面，她们大多都戴着红胳膊箍，她们会每家每户去通知一下，“要起粪坑了，下边有人，谁也别去厕所，坚持坚持。”她们还会站在厕所的门口不让人们进去，当然是不让那些女人们进去，院子里的女人们也不会进去，“有人在茅厕坑下边呢。”那时候的茅厕里的蹲坑上都有长方形的木盖子，上边有根直棍可以把这盖子提起来或再盖上去。我父亲带我去厕所，总是一次次地教我在蹲坑的时候要把那个盖子提起来，拉完屎再把那个盖子给盖上。而父亲带我去厕所是我四五岁时的事，父亲对母亲说咱们院的厕所蹲坑儿也太大了，小孩子掉下去可不是闹着玩儿。父亲总是担心我掉到厕所里边去。父亲每次去外地出公差，走之前，总会把我的哥哥叫到跟前说，“你弟弟去厕所你们得带他，小心掉下去。”父亲蹲坑的时候总会抽上支烟，有时候还会把烟给旁边的坑上蹲的人一根，不用问那个人是我们一个院的邻居，有时候还会互相要张手纸，去厕所的时候急了，谁都有忘了拿手纸的时候，大杂院的厕所都很大，是一大溜儿蹲坑，还隔着墙，一边蹲坑一边隔着墙说话。我那时候还不会自己用手纸擦屁股，我早早拉完了，会一遍一遍撅着屁股大声喊：“拉完了——”“拉完了——”是要父亲给我擦屁股，父亲总会说，“急什么急？急什么急？”再到后来，我会说：“我要掉下去了——”我这么一说，父亲就会马上过来了，让我把屁股撅起来，那年我最多五岁。再后来，我们全家都离开了那个大杂院，搬到了一个名字更好听的地方去，那地方叫“花园里”，那地方的名字不但好听，房子也好看，是楼房。很大的一个院子里，齐齐整整一共八栋楼。大院是个正方，南边一个院门，东边一个院门，北边却没有，西边也没有。为什么没有呢？没人会想去问这个问题。院子东边有个菜铺，很大的菜铺，这个菜铺有多大呢？为了从乡下拉菜，菜铺的后院里居然还养着两头毛驴，因为这个菜铺紧挨着我家那栋楼，晚上睡梦中我都能听到驴在打响鼻，“扑噜噜噜，扑噜噜，扑噜噜噜，扑噜噜。”或者是听见驴在叫，“昂昂，昂昂，昂昂昂昂，昂——”每天都要来那么几声。母亲听了有时候会笑，会对父亲说，“听，吊嗓子呢。”父亲也是个笑，因为我们早先住的那个大杂院里有一位姓张的工程师，他喜欢唱青衣，每天早上都会吊那么一段儿，而且还是自己拉胡琴，是自拉自唱。我知道，我的母亲话里有话，是想起那个姓张的工程师了，但我们现在已经搬开了，不在那个大杂院住了，我的母亲和父亲都认为一个大男人“咿咿呀呀”唱青衣是件很好笑的事。这是菜铺，菜铺旁边，是一家小百货商店，就这个小百货店，里边几乎是什么都有，搬家之后，我们吃什么用什么一般都要去这个商店里去买，买干粉条、海带、黄花儿、花椒、大料，酱油和醋，还有白糖和父亲爱喝的那种散装高粱酒，放酒的黑坛子上一律都盖着用红布做的那么个盖子。这个小商店还卖肉，卖肉的售货员姓岳，人瘦瘦的，见了面总爱和父亲说几句话。快过年的时候也是商店里最忙的时候，总是挤满了人，有些东西要排队才能买到，母亲让我去排队，“这么大了，也该给家里做点事了。”父亲却不愿意，父亲说：“那么多人挤坏了怎么说。”父亲会自己去排队。商店西边呢，怎么说，还有一个店，却是卖粮的粮店，人们买粮食就都去那地方。母亲要我去买两束挂面，因为家里来客人了，擀面来不及了。父亲说：“别蹭孩子一身白。”父亲又自己去了，父亲是太爱我了。不一会，父亲手里托着两束挂面回来了。刚搬到这个新大院的时候，父亲总说我们这个新大院好，好就好在买东西太方便了。

“要粮有粮，要菜有菜。”我父亲说。

我母亲在旁边马上会刺他一句：

“要酒有酒，再来二两。”

我父亲笑了，他就是爱喝那么一口。

“当然还有豆腐干。”父亲说，他这是逗母亲。

父亲喝酒的时候喜欢就几块豆腐干，而且还是那种熏干，母亲说那豆腐干是用马粪熏的。“也许连马粪都不是，是用驴粪。”母亲笑着对父亲说。“用羊粪熏我也照吃。”父亲说。父亲还喜欢吃毛蛋，那种死在蛋壳里的小鸡，剥开壳，团团的，毛茸茸的一只小鸡，父亲一边吃一边还会自己对自己说：“真讨厌，我怎么会吃这种东西。”他这是对自己的批判，对自己的批判归批判，但他还是照吃，总是煮一锅，味道有那么点古怪，花椒大料的味道之外有一种说不清的味道。父亲吃毛蛋喝酒的时候总会叫上一个朋友，是个山东人，水暖工程师，长一个很大的糟鼻子，他那鼻子可真够糟的，像很大个儿的草莓。他们一边吃一边喝一边自己动手剥毛蛋，蛋壳已经剥了一大堆了，但他们还在喝。他们可真能喝。但父亲忽然不喝了，他听到了什么，有人在外边一声一声地吆喝。

“是换鸡蛋的。”父亲听听，说。

“现在一斤鸡蛋换咱们多少玉米面?”山东大鼻子说。

“十斤换一斤。”父亲说。

“什么时候粮食才不紧张啊。”山东大鼻子说，“乡下人够苦的。”

父亲不说话了，我那天怎么就想起说话了？我本来在写作业，我忽然对父亲说：“乡下人怎么就不爱吃鸡蛋倒喜欢吃玉米面?”

父亲突然不说话了，看着山东大鼻子。

山东大鼻子朝我这边看，这就让我很不自在。

父亲忽然对大鼻子山东人说：“你瞧瞧，我这个儿子真够混蛋!”

父亲是偏爱我的，我对父亲说：“我怎么混了?”

“你还不混，说这种话!”父亲说。

“那他们为什么不吃鸡蛋，拿鸡蛋换玉米面。”

我父亲又把他刚才的话重复了一遍，这回不说“混蛋”，而是说“混球儿”。

“我儿子真是个混球儿，小混球儿。”父亲说。

"大了他就该明白了。"山东大鼻子说。

"不对。"父亲说，"好好儿饿他几天就明白了。"

我小时候挨过饿吗，没怎么挨过。只是在刚刚搬到楼房里住的时候有几次晚上去厕所，一下子从床上掉到了地上。还有就是去了厕所总是忘了冲马桶，我母亲说："你拉屎让别人冲，你臭不臭，啊，你臭不臭?"

母亲想起排子房大杂院的厕所来了，说，"你要是再不冲就回旧院去解手!"

"我要是拉肚子呢?"我对母亲说。

母亲哈哈哈哈笑了，说："你是你爸的心肝宝贝，拉你爸嘴里去。"

"还有这么说话的吗?"父亲听到母亲的话了，但他并不生气，他在喝酒呢。

"还是家里有厕所好，刮风下雨不用一踩一脚烂泥。"父亲说。

母亲说，"好什么好，你没见有人跑到对面墙角小便，多不雅观。"

父亲不说话了，好一会才又说，"可不是，这么大的院子，都没个厕所，让他们怎么办，总不能溺到裤子里。”

这一天，终于有事了。

直到多少年以后，我才知道我们的楼房院子再往北的那个村子叫“宋庄”，宋庄那边有条铁道，有时候，晚上我会听到火车响，一阵一阵在梦中响过来，响近了，再慢慢响着远去，还拉着一声一声的汽笛。有时候父亲出差去了外地，那几年，父亲总是出差，走的时候会对母亲交代好了，去几天，几号回来，回来的时候大致又会是几点的车。母亲会把父亲要带的粮票和零花钱数好了给父亲带上。父亲走一天了，走两天了，走三天了，走一个星期了，父亲要回来了，父亲要回来的晚上，母亲会在火车汽笛响的时候说：

“听，你爸爸就这趟火车。”

这样的晚上，母亲总是穿着衣服在那里等，而我们却马上又睡着了。

再说说宋庄吧，宋庄那边还有个小站台，站台上总是堆着不少东西，我们去那边玩儿，总是被站台上的人给喊开。站台东边，有个很高很高的高压线铁架子，但这个架子给废了，没有电线了，我们就可以爬到上边去玩儿。从上边往下看，下边都是庄稼地，玉米黑绿黑绿的，还有高粱，紫红紫红的，还有谷子，这些庄稼我都认识，各种的庄稼，各种的颜色，一片一片连着，很好看，一直铺排到西边的山那边，山那边总显得很寂静，连个人影都没有，这就让人心里很惆怅。我们爬到高压线的铁架子上去玩，可以看到下边的站台有人在搬东西、扛东西，停在那里的火车忽然又要开动了，开动之前要放屁，“吃吃吃吃”的，站在上边，我们还能看到下边的那个名叫宋庄的小村子，那条土路可真是白得晃眼，有人从村里出来了，是三四个女人，都挎着篮子，从村里出来，一拐，上了那座小桥，下了桥了，再一拐，往这边过来了，她们要走过这个高压线的铁架子，再从这里往东走，东边就是大同城，其实她们应该是先走到我们那个院子，因为我们的院子靠这边最近。和我一起出来的小伙伴说，“她们肯定又是去换粮食去了，用她们的鸡蛋。”他这么一说我就明白那几个女人挎的篮子里是什么了，是鸡蛋。我们待在高压线的铁架子上能把这些个都看得清清楚楚，没人从下边过的时候我们会在上边比赛撒尿，看谁撒得远，我们正撒着尿，下边忽然有人喊开了，有人突然从庄稼地里冒出头来了，他在地里做什么？这人手里拿着镰刀，他在地里割草，他朝我们喊，还把手里的镰刀朝我们举了举，“再往下撒尿小心把你们的小鸡鸡给割了！”这人喊完又不见了，又割他的草去了。这年的庄稼长得真好。我们继续在上边待着，就是不想下去，我们待在上边，什么也不为，就只想一直那么待下去，我们又看到了，宋庄村口停的那几辆马车，车辕都朝天立着，和我一起的小伙伴说那都是些个拉大粪的车，他这么一说我就又想起我们的平房大杂院来了，想起一到冬天就过来拉大粪的乡下人。“吭哧、吭哧”凿一整天大粪，然后围着那个小火堆吃点干粮，然后赶着他们的车走了，那头拉车的骡子，两个鼻子眼儿里一下一下冒着白汽，天是多么的冷啊。我的父亲说，“这么冷的天，他们在外边吃，他们能吃什么呢？”“天这么冷，怎么也得喝点开水吧？”父亲又说。

我有点怀念我们的排子房大杂院，甚至还有点怀念我们那排子房大杂院的厕所。

我对我的小伙伴说，“我们那个厕所可真大！”

“你掉进过去没？”我的小伙伴说。

这是什么话，我说：“你才往那里边掉呢。”

我们都不说话了，都看着下边，下边的庄稼真绿，都绿黑了。

那个割草的人又从地里钻出来了，他又去了另一边，到另一边割他的草去了。

我的母亲，不知从什么时候起就不再去单位工作了，因为我的弟弟都五岁了，五岁了还不会走路，所以我的母亲只好待在家里照顾他，教他学走路，可他病了，发过一次高烧后永远不会走路了。所以有什么事，父亲就总爱带我一个人出去，比如出去钓鱼，比如出去挖蚯蚓，比如到城外很远的地方去找蝉蜕，比如去商店买这买那，那时候我简直就是父亲的跟屁虫。我的父亲，对生活总是充满了奇思妙想，这年的春天，他忽然想在院子的前边种一株葡萄，父亲带我去了一中，一中的校园里种了不少葡萄。父亲跟学校那边的人讨了两棵葡萄秧子，父亲对我说，“明年你就等着吃葡萄吧。”父亲已经在前边的院子里挖好了坑儿，那个坑不大，我跳进去，再一跳还能跳出来。葡萄秧子就要种在那个坑里，但这时候一个乡下人出现了，这个四十多岁的乡下人脸通红通红的，他到处走、到处看，一个圈一个圈地转，看样子，他急得不得了，急得不行了。他脸憋得通红，在我们的院子里问了一个人，又问了一个人。我父亲注意到他了，我父亲过去了，然后，我的父亲急忙忙放下了手里种葡萄的事，急忙忙把这个乡下人给领到家里去了。我跟在父亲的身后，不知道发生了什么事，我看着我的父亲把那个脸憋得通红的乡下人领进了我们家的厕所，父亲要我们都到屋里去。

“要不他会不好意思的。”父亲小声对我和母亲说。

我和母亲就都进了里屋，而且把门也关上了。

“要不他就拉裤子里了。”父亲又小声对母亲说。

“这么大个院子没个厕所可真不是个事。”父亲又说。

也不知过了多长时间，父亲出去了，那个乡下人早已经不在了。快到中午的时候，母亲该做饭了，她去了厨房，我们的那个厨房可真小，一进门是个案子，母亲就在这个案子上给我们做各种吃食，面条啊，馒头啊，烙饼啊，饺子包子啊，切菜也在上边，紧挨着案子就是灶台，灶台上是两个灶眼，前边这个灶眼做饭炒菜，后边那个灶眼捎带着把一壶水就已经烧开了，转过身就是那个水泥池子，水池子上方有那么三个架子，我们的吃饭家伙都在那上边搁着。这样小的厨房是没办法放粮食的，我们家的粮食就都放在里边的屋子里，那是许多的袋子，放白面的一个，放玉米面的一个，放豆子的一个，放小米的又一个，还有一个袋子最小，是放大米的袋子，那时候大米可真少。母亲去了厨房，母亲要做饭了，她忽然喊了一声父亲，母亲总是把父亲喊作“老王”，母亲说：“老王你来。”母亲发现了什么。我马上就也跟着去了厨房，我可是对家里的什么事都感兴趣，在厨房一进门的那个案子上，那是什么，那是鸡蛋，十颗鸡蛋。母亲对父亲说，“你怎么把鸡蛋放这地方。”但母亲和父亲马上都明白了，这鸡蛋不是父亲买的，这鸡蛋是那个乡下人留下的。

父亲马上去了一趟院子，东看看，西看看，那个乡下人早就不在了，快中午了，快到了吃中午饭的时候了，父亲还在那里站着，他希望那个乡下人出现。父亲站在那里自言自语：“这么大个院子没个公共厕所可真不行，这么大个院子没个公共厕所可真不行。”父亲自言自语的时候我就站在父亲的身后，那时候，我可真是父亲的跟屁虫。父亲又说，像是在对我说，“厕所是要修到东边的，可我们院子的东边是商店菜铺和粮店。”我问父亲，“厕所为什么非要修到东边?”但我马上就想起来了，我们旧院的厕所可不就在东边。父亲说，“古时候人们把去厕所叫‘登东啊’。”我再问，我再问，“为什么叫‘登东’?”父亲说因为厕所在东边啊，我再问，我再问，“为什么厕所要在东边?”

父亲被我问住了。

“都快过了吃饭的时间了，咱们回去吃饭吧。”父亲说。

吃饭的时候，父亲又对母亲说，“这么个大院，没个厕所可真不行。”

“吃饭吧，吃饭呢。”母亲说。

“还是旧院好。”父亲又说。

“我知道父亲在说什么了，”我马上也说，“还是旧院好。”我看了看父亲，父亲正看着我，我知道什么话该说什么话不该说，下边的话我就不说了。但我不得不说，我又想起什么来了，我对父亲说：

“我们学校的厕所也在东边。”

我父亲不再说这些了，却和母亲说葡萄的事，说葡萄第二年就会结果的事，“你们就等着吃葡萄吧。”我对吃葡萄的事不感兴趣，因为要结葡萄也是明年的事了，我吃完了，我出去了，院子里什么也没有，院子里很静。

“那个乡下人在哪儿呢？”我站在那里想。

“那个乡下人现在在哪儿呢？”直到现在，我还在想。

红骨髓

怎么说呢，清明节这天早上，天忽然阴了下来，他们一家四口去了郊外。郊外已是一片新绿，油菜花早早开了，真是黄得耀眼。他们是父亲母亲和他们的两个儿子，在这个季节的这个日子里，他们能去做什么呢？他们的两个儿子想听听他们的父亲讲讲当年的事。讲讲他们要去的那个地方和躺在那里的那个人。他们的父亲叫王德家，他们的母亲叫玉玲。这都是多少年前的事了，但对王德家和玉玲来说事情就像是发生在昨天。

那天，王德家抚摸着玉玲隆起的肚子不停地说："咱们还能生，没关系，咱们还能生，没关系。"除此之外，他还能说什么呢！王德家已经逼着自己把事情想通了，但他后悔自己前不久把玉玲怀孩子的事告诉了自己的父母，父母那边已经开始准备了。而且，他们还悄悄找了医院的朋友，确定了玉玲肚子里是怀了两个，而且都是男孩儿，这实在是太让人高兴了，王德家准备让木匠来做两张小床，而玉玲却坚持只要一张，她希望她未来的两个儿子躺在一张床上慢慢长大，“他们会打架的。”王德家说，这么一说，王德家就想起了自己在南方另一个城市生活的哥哥，当兵八年复员后就留在了那个城市。他和他哥哥小时候总是打架，王德家说自己也许今年冬天会到南方去住一阵子。到时候也许把两个孩子都带过去，玉玲却不喜欢南方的冬天，她上学的时候在南方给冻怕了。

“算了吧，”玉玲说，“要去你自己去。”

王德家对玉玲说：“小床到时候要涂成蓝漆。”

“为什么要蓝漆？”玉玲说。

“我喜欢蓝漆。”王德家说。

玉玲却说她给孩子织毛衣的事，“每次都得织相同的两件，买鞋也一样，买什么都一样。”

“这下可够麻烦的。”王德家说。

“大了买自行车也一样。”玉玲说。

“再大了买汽车怎么办！”王德家说这可不是什么好事，到时候我去哪儿一下子找那么大一笔钱？咱们的房贷要整整还二十年！

就在去年夏天，王德家刚刚在这个小镇的东边买下了房子，说实在的，他把玉玲的弟弟看作和自己的亲弟弟一样，是玉玲的弟弟把他和玉玲叫到这个小镇上来的，让他们来和自己一起住在这个小镇上做伴，要不他就太孤单了，来的那天，玉玲的弟弟对王德家说希望王德家能把酒给戒了，玉玲的弟弟对王德家说自己可不希望看到王德家在天天醉酒的情况下让自己的姐姐怀上自己的外甥或外甥女。玉玲对弟弟说王德家有可能吗？“他有可能戒酒吗？”但是王德家真的把酒给戒了，这真是一件让熟悉王德家的几乎所有人都感到吃惊的事，这让玉玲很高兴。戒了酒没过多久，玉玲真的怀上了，这又是一件让人皆大欢喜的事。王德家和玉玲的弟弟在一个业余球队，又在一块儿做事，他们相处到底有多少年了，这好像谁也说不清了，但人们都知道他们的关系特别好，就像亲弟兄一样。王德家甚至还对玉玲说自己戒酒也只是为了让玉玲的弟弟高兴，倒不仅仅只是为了让玉玲怀上孩子，王德家这么一说玉玲就急了，“你是同志吗？你是同志吗？你是同志吗？你就是同志也不能同到我弟弟的头上。”王德家也急了，左跳右跳笑着说自己喜欢玉玲的弟弟是有道理的，“谁让他是我儿子的舅舅。谁让我们是一个球队的。”那时候他们真是够幸福的，那时候他们谁都想不到玉玲的弟弟会得这种要命的病，骨髓移植可不是什么小事。

“没关系，没关系，咱们还能生，咱们还能生。”

那天，王德家用手轻轻抚摸着玉玲隆起的肚子，虽说嘴上那么说，但他心里真是伤心极了，王德家明白此刻自己是在抚摸自己的儿子，抚摸自己的两个儿子。自己的儿子此刻正在玉玲的肚子里做什么？他不知道，四个月大的胎儿能在母亲温暖的子宫里做什么？再大几个月，据说他们会蹬来蹬去，会伸拳动腿，但他们现在还不怎么会动。其实王德家的心里比玉玲还要难受。王德家要玉玲不要哭，在此之前，王德家是多么希望医院能给玉玲的弟弟找到配型。王德家还安慰玉玲说那么多医院，上海、北京、南京、江苏、河南、河北、山西、贵州、云南，那么多地方，那么多骨髓库，不愁给你弟弟找不到配型的，但是，这个世界好像一下子忽然就变小了，可以和玉玲弟弟配型的人一直不出现，一直不出现，好像在捉迷藏，这个人一下子藏起来了，谁也找不到他，怎么也找不到他。直到医生对王德家和玉玲说，再要是找不到配型就怕要耽误事了。直到这个时候，玉玲才想起自己是不是也应该去化验一下，既然父亲和母亲还有姐姐的骨髓和弟弟的配不上，也许自己的可以呢？也许自己可以救弟弟一命呢？玉玲去做了，检查结果一出来，玉玲一下子就愣在了那里，像是被什么吓着了，像是被什么猛地击打了一下，自己的骨髓居然可以和弟弟的配上。自己居然就是那个医生找来找去的人。

“德家！”玉玲叫了一声，抓紧了王德家的手。

“我在。”王德家说。

“咱们怎么办？”玉玲说。

王德家的另一只手已经放在了玉玲的肚子上。

“咱们怎么办？”玉玲说，“除了我谁还能救小弟一命！”

王德家看着玉玲，看着眼泪一下子就从她的眼里流出来。

“怎么办?”玉玲看着王德家，医生已经对她说了，要是想给弟弟做骨髓移植就必须要把肚子里的孩子流掉，必须去医院做流产手术。

就在那天晚上，王德家又喝了酒，但他没敢喝醉，他有很长时间没喝酒了，他一边喝酒一边给玉玲的弟弟发短信，他发短信对玉玲的弟弟说终于有救了。他和玉玲已经商量好了，他们要把这个消息告诉弟弟，那个躺在病床上的可怜人。

玉玲坐在王德家对面，不吃也不喝，两眼呆呆看着王德家。

“想开点。”王德家说。

“我想不开也没办法，那是我弟弟。”玉玲说。

“想开点。”王德家又说，但他忽然被玉玲的话吓了一跳。

“这是用两条命换一条命。”玉玲说。

“用我儿子的两条命换我弟弟的一条命。”玉玲又说。

“想开点。”王德家这次没抬头，他把手放在酒杯上，喝不下去了。

“王德家。”玉玲看着王德家。

“想开点。”王德家又说，“我们还能再怀上，还能生。”

“想开点。”这次轮到玉玲对王德家说了，她把手放在了王德家的手上。

“对不起你。”玉玲说。

“咱们都想开点。”王德家好像只会说这句话了。

玉玲和王德家都不说话了。手机在那里一闪一闪，王德家手机的屏幕上是他和玉玲弟弟在阳台上拍的一张照片，那是他们几年前合租的房子，那个阳台可真够老的，上边放着一辆自行车，一个木箱子，木箱子上还有一台不能看的电视机，还有两盆花，几块圆溜溜的石头，上边涂了各种颜色，玉玲的弟弟躺在那张牛皮上，王德家正在用望远镜看着远处，阳台下边是那个小城连绵不断的老房子。王德家那天戴着一顶黑色的帽子，穿着露着膝盖的牛仔裤，玉玲的弟弟光着脚，穿着一件海魄衫。王德家十分喜欢这张照片。那会儿王德家还没和玉玲结婚，王德家认识玉玲的弟弟比认识玉玲还早，他们是在球队认识的。玉玲的弟弟也喜欢这张照片，他把这张照片放在自己电脑的屏幕上，那是多么好的日子，但后来的日子也都很好，直到玉玲的弟弟被检查得了白血病。

“碰到这种事，咱们都要想开点。”王德家又说，捏了一下鼻子。

玉玲倒了过来，把身子倒在王德家的身上，开始哭。

“我忍不住。”玉玲说。

“那你就哭。”王德家说。

“我忍不住。”玉玲哭得更厉害了，到了明天，她就要去医院做人工流产，肚子里的两个孩子从此不会再有任何动静。只有这样，她才能把骨髓移植给弟弟。

“想开点。”王德家把手放在了玉玲的脸上。

玉玲把王德家的手拉过来放在了自己的肚子上。

“再摸摸咱们的儿子。”玉玲说。

“好，摸摸。”王德家说。

“再摸摸。”玉玲哭着说。

“好，再摸摸。”王德家的声音也不对了。

就在这时，电话响了，是玉玲的弟弟打过来的。玉玲的弟弟已经在电话里哭了起来，从小到大，玉玲就好像没听到过弟弟哭过。

“姐姐!”玉玲的弟弟在电话里大声叫姐姐，他已经从医院的护士那里知道了做骨髓移植必须先要把玉玲肚子里的孩子流掉的事，而且知道自己这个手术不能再推迟了，但是还是要再推迟几天，因为必须要等玉玲把流产手术做完。

“姐姐，姐姐，姐姐!”玉玲的弟弟在电话里大声地叫姐姐。

“王德家，王德家!”玉玲的弟弟从来都不叫王德家叫姐夫，他这么叫惯了。

“我在我在。”王德家说，“我听着呢。”

“谢谢你们，谢谢你们。”玉玲的弟弟在电话里已是泣不成声。

第二天早上，天忽然阴了下来。王德家和玉玲去了医院。玉玲带了一大包衣物，因为她要在医院待好一阵子，不是一个星期，也不是两个星期，谁能知道会有什么事情发生。玉玲觉得自己一直在抖，但她不知道自己是什么地方在抖。临离开家的时候王德家说他要来几口，要不来几口也许就会支持不下去了。玉玲看着王德家对着酒瓶喝了好几大口。那是草原产的一种白酒，味道特别冲。这种味道后来就一直弥漫到医院，弥漫到玉玲弟弟的病床边。但玉玲的弟弟不在病床上，也就是这时他们听到了外边的一片惊叫。外边的走廊里也响起了慌乱的脚步声，“有人从楼上跳下去了，有人从楼上跳下去了，有人从楼上跳下去了！”

怎么说呢，清明节这天早上，天忽然阴了下来，他们一家四口去了郊外。郊外已是一片新绿，油菜花早早开了，真是黄得耀眼。他们是父亲母亲和他们的两个儿子，在这个季节的这个日子里，他们能去做什么呢？他们的两个儿子想听听他们的父亲讲讲当年的事。讲讲他们要去的那个地方和躺在那里的那个人。他们的父亲叫王德家，他们的母亲叫玉玲。这是多少年前的事了，但对王德家和玉玲来说事情就像是发生在昨天。

户外活动者

乔志是个户外活动爱好者，这么说也许不对，也许可以说乔志是个户外活动专家，他除了一年四季都在外边活动几乎什么也不做，而且，乔志的朋友们都说乔志是个连家都不想要的人，他希望自己永远生活在路上或永远生活在户外。所以直到现在，人们都不知道乔志在什么地方。乔志和安小兰就是在户外认识的，在去西藏的路上，他们是先合住在了一个帐篷里，那天下了很大的雪，这样会暖和些也安全些。后来他们就结婚了，然后就有了小乔志，小乔志出生后乔志在家里足足待了有四年多。在这四年的时光里乔志胖了，除了种那种白色的蝴蝶兰和他的儿子小乔志玩儿他没有任何事做，然后他说自己实在不能再这样待下去了，外边的世界在呼唤他，然后他就背起他的行囊离开了安小兰和小乔志。从那天开始安小兰和小乔志就没有见过乔志，小乔志现在都已经七岁了。安小兰总是对小乔志说他的爸爸去了一个很远的国家，那个国家远在天边，想回来一趟可真是不容易，而实际上这都是安小兰一个人在那里自说自话，小乔志对爸爸没有太多的印象，也许只有当别人问起他，他才会记起“爸爸”这个词。安小兰会经常在网络上得到乔志的一些消息，安小兰也是个户外活动爱好者，她在家里的墙上贴了好几张很大的世界地图，地图上用红蓝笔标出了乔志行走的线路。其实安小兰的心一直跟着乔志在户外活动，乔志去了什么地方，安小兰就会找大量资料和图片来看那个地方，比如那地方的海拔有多高？还会有什么样的山峰和河流以及那里的气温是多少？到了晚上，安小兰还会想乔志的帐篷搭得好不好？最好不要有那种体态庞大的棕熊出现，也最好不要有大蟒蛇出现。安小兰经常担心乔志的手机会不会及时充上电或者他那可怜的笔记本会不会接收到信号，这些东西对乔志来说是太重要了。如果能和乔志联络上，她总是第一件事就提醒乔志把手机赶紧充好电，把笔记本的电也一定要充一下。她知道乔志一直都在拍照片和写游记，哪怕睡得再晚也会把这一天的事记下来，这真是一个好习惯，安小兰知道过若干年以后乔志也许要出许多本书，也许是八本，也许是十多本，到那时候他们也许会挣到不少钱，但乔志说这不重要，重要的是他走过了，并且记下了。安小兰甚至问乔志在路上，怎么解决自己的那个问题，安小兰对乔志说如果可以的话她并不反对他拥有他自己的艳遇，因为那是一种需要，谁也没办法抗拒的需要，人可以抗拒来自精神方面的东西，但无法抗拒来自身体方面的需求。安小兰对乔志说一旦要做那种事，最好别忘了戴那东西，她知道乔志的背包里有那东西，有一次乔志当着她的面取出一个那东西，因为乔志怕手机进水，就把那东西套在了手机上，这真是一个好主意，安小兰从来都没想过那东西还能派上这种用场。而乔志说那种事其实对男人来说其实不算是什么太大的事，每个男人都会自己解决，这不用她操心，因为男人的手可以派许多种用场。乔志说在外边他最担心的不是手而是自己的脚，他这么说的时候安小兰就在心里很不好受，她是多么希望乔志说他最担心的是她和小乔志。乔志说他的脚上次下山的时候崴了一下，现在走起路来总是有那么一点力不从心，而且右脚的前脚掌上长了鸡眼，鸡眼可真是户外活动的死敌，安小兰还知道乔志的左脚后跟的地方有一个鸡眼，那个鸡眼也真够讨厌的，怎么去也去不掉，有一阵子乔志不知道听谁说芹菜的叶子可以去掉脚上的鸡眼，那时候乔志总是用芹菜叶子搓他的脚后跟，一边看电视一边搓，一边上电脑一边搓，所以有一阵子乔志的脚后跟是碧绿的，手指甲也是绿的，但那个鸡眼一直跟着乔志。乔志很喜欢用热水泡脚，这是可以让脚很快恢复过来的最好办法，但乔志现在十天半个月也许都不可能泡一下脚。安小兰总是把乔志的照片拿给他儿子小乔志看，也总是把小乔志的照片传给乔志看，这也许是让他们父子两人保持联系的最好办法。安小兰很喜欢乔志身上的那种味道，但安小兰现在有点想不起来那是一种什么味道了，那也许是一种和芹菜差不多的味道，这真是很好笑，乔志的味道是芹菜叶子的味道吗？那肯定不是，但安小兰现在只要是一闻到芹菜的味道就会想起乔志，安小兰想把乔志身上的那种味道想清楚，却越想越不清楚了，安小兰觉得自己快受不了了，她希望乔志能尽快回来。

“再不回来你儿子都快要把你忘了。”安小兰对乔志说。

“他就是把我忘了也不会是别人的儿子。”乔志说。

安小兰甚至想，等小乔志长大以后也许他们三口会一起去户外旅行，到那时他们就不分开了。安小兰和乔志在这方面是一致的，乔志希望自己以后最好不要定居下来，最好要有一辆房车，安小兰也认为这是一个很不错的打算，有一阵子，安小兰就总是在电脑上看有关房车的信息，房车太吸引她了。她和乔志的房车不要太大，有一间卧室就足够了，当然还要有厨房和洗手间，其实洗手间主要是用来洗澡的。等有了房车之后，安小兰和乔志会开着车去各种地方，房车上还要养一两盆花，那种红色的天竺葵就很好，还要有一条小狗。那一阵子，安小兰已经沉浸其中了，她想象乔志开车而她躺在那里睡觉的场景，她可以眯着眼看车窗外的蓝天和树，而乔志认为如果一旦有了房车，更重要的是要有一杆枪。枪对户外活动可是太重要了。

“我太爱枪了。”乔志对安小兰说。

“我还比不枪吗?”安小兰那次是认真生气，一下子就生起气来。

“你怎么非要和枪比?”乔志看着安小兰。

其实后来安小兰也觉得自己那么说话是古怪，但那次她是认了真，认真到转不过弯来了，转不过弯来就只好争吵。那时候她怀着小乔志已经有六个月了，不知道为什么，安小兰觉得自己特别委屈，现在想想都好笑，自己居然因为怀了小乔志而觉得委屈。现在安小兰也会因为小乔志而觉得委屈，好像小乔志只是自己一个人的，与乔志没有一点点关系。

“乔志，你赶快回来!”安小兰对远在天边的乔志说。

乔志经常和安小兰说起的却是他父亲的双筒猎枪，那杆枪就挂在乔志小时候住的那间屋的墙上，还有望远镜，还有皮夹克。乔志说起他的父亲，有一年冬天从外边回来，把扛在肩上用麻袋包着的什么东西“卟嗵”一下子放在了地上。那天乔志已经躺下了，但乔志闻到了血腥的气味，他猜对了，父亲扛回来的麻袋包里是一只狍子。从那时候起乔志就喜欢上枪了，乔志太希望自己有一杆枪了。安小兰甚至想，等到乔志过生日的时候自己也许会送给乔志一杆枪。但这只能是一种想象，现在国家不允许任何人拥有枪支。安小兰甚至想，过生日的时候自己去找人做一个和真枪一模一样的蛋糕送给乔志，那将是一件多么开心的事。安小兰为自己的这种想象激动起来，她坐在那里笑了又笑，那时候小乔志还没有出生。小乔志出生的时候，乔志和安小兰的朋友们都来了，他们的朋友都是一些户外活动者，他们给乔志和安小兰送来了各种各样的礼物，其中最特殊的礼物就是朱天雷送的一个盒子，那是一个很大的盒子，谁也不知道那么大一个盒子里会是什么，人们是最后一个把那个盒子打开的，里边居然是一个骆驼的头骨，那头骨真是白净，那时候，人们都热衷于读三毛的东西，三毛的荷西就送给过三毛一件这样的东西。人们都知道朱天雷的骆驼头骨是从沙漠带回来的，那么大一个盒子，一次次地上飞机带上带下可真是不容易。后来乔志给那个骆驼头骨做了一个架子，现在那骆驼头骨就放在乔志的书架上，安小兰有时候望着它，就觉得它肯定会有许多故事，要知道它原来是一头活生生的骆驼，它知道在沙漠上怎么行走怎么找水喝，但它现在只剩下白厉厉的骨头。户外活动者们都会有许多关于户外的故事，聚会的时候，他们总是会一边喝酒一边交流这些故事。安小兰知道乔志一定收集了许多故事，安小兰也知道乔志自己本身也创造了许多这种故事，这里边当然也包括了乔志和其他女人发生的故事。但如果乔志和非洲那边的女人上床的话，安小兰心想自己也不会太吃醋。安小兰太爱乔志了，即使是乔志在外边，安小兰也总是记着乔志的生日，到他生日那天，安小兰会把乔志和自己的朋友们都请来。就像他在一样，这很重要，这意味着人们没有忘记他。有几次，安小兰吃着乔志的生日蛋糕的时候就会流下泪来，其实这泪不是为乔志流的，而是为了乔志的儿子小乔志。小乔志的生日马上也要到了。安小兰最怕小乔志问的一句话就是：

“我爸爸呢？那个老乔志。”

安小兰会发短信或用其他方式问乔志“今天是什么日子？”

而乔志总是记不住这是个什么日子。

“乔志，你这个混蛋！除了户外活动你还记着什么？”安小兰会把这样的信发给乔志。

有一次安小兰和乔志互发短信的时候，乔志说他正在河里捉一条虹鳟鱼，那是一条很大的虹鳟鱼，太大了，尾巴就像小号的军用铁锹，已经游过来了。乔志还说自己有很长时间没有吃到一点高蛋白的东西了，他需要这条虹鳟鱼。接下来，乔志那边就没了信息，安小兰可以想象乔志根本就没有捕到那条很大的虹鳟鱼。那不是一个人能干的事。安小兰还想那条虹鳟鱼到底能有多大，要知道一个人要想徒手抓住一条大鱼不是一件容易的事。最好能把手指一下子伸到鱼的鳃里，死死塞进去还不能被鱼锋利的牙齿弄伤。安小兰总是忘不了这件事，有时候吃鱼的时候还会想起这件事，户外活动真是一件很辛苦的事。

在最近一次发短信的时候，安小兰对乔志说：“你儿子的生日到了。”

安小兰没把小乔治生病的消息告诉乔志，小乔志的角膜要换一下，这很让安小兰揪心，因为这不单单是钱的事，而是关系到小乔志能不能再睁开眼看这个世界。安小兰不希望小乔志的眼睛彻底失明，大夫也安慰她说换角膜现在不是一件难事，不要为这件事太担心。安小兰现在很难把自己的注意力集中起来，但她忘不了给小乔志订生日蛋糕，给她和乔志的朋友一一打电话。安小兰和乔志的朋友大多也都是户外活动爱好者，他们心目中的偶像就是乔志，他们之中的任何一个人都没有乔志走得远。这不单单因为乔志那年还上了美国地理杂志的封面，乔志在他们的眼里几乎就是英雄。问题是，乔志上到了乞力马扎罗山的最高点，他是他们这些驴友里唯一登上这座非洲雪山的人，乔志说他只差看到那只被风干的豹子啦。

“问题是，那头豹子上到那么高的地方做什么？”安小兰对乔志说，“它也是去登山吗？”

乔志说那头豹子无论它上到那么高的地方去做什么它都是英雄。

其实安小兰和乔志都知道那头豹子也许压根就没有过，只不过是海明威自己想出来的，但安小兰和乔志都十分喜欢海明威这么写，这真是神来之笔。乔志从乞力马扎罗的山上给安小兰带回来两粒樱桃大小的石头，那可是真正的最普通不过的石头，灰黑色的石头，很粗糙，一点点都不漂亮，但乔志把它让首饰匠给安小兰做了一副耳环，有时候安小兰会戴它，许多不熟悉安小兰的人会奇怪她怎么可以戴这样的一副耳环，但安小兰从来都不会对他们解释什么。安小兰觉得自己这辈子是不可能登上乞力马扎罗的，但乞力马扎罗最高点的两块石头就被自己戴在耳朵上。只要一戴上这副耳环，安小兰就觉得耳边充满了高山之巅的风声，那风是怎么样的猛烈和寒冷。这么一来，安小兰就好像是和乔志一块登上了那座非洲传奇的雪山。

小乔志的生日来到了，只有在这样的日子里，安小兰才会戴上那副耳环。

安小兰已经和她的朋友们商量好了，小乔志的生日要去外边过，那完全是一次户外活动，人人都要带上帐篷。这是一次短暂的户外活动，所以他们不可能走远，安小兰选择了离城市不远的缸底山，那地方有不少松树，那些松树远远看去是黑的，朋友们开着车来了，先在安小兰这里集聚了一下，然后又开着车去了缸底山，从安小兰住的城市到缸底山有很好的公路，所以又可以说他们这次去只是为了玩儿，人们总是找各种借口给自己玩儿的机会，但安小兰的那些朋友们谁都不说乔志的事，但他们都给小乔志带来了礼物。那也不过是各种的儿童玩具。当然还有蛋糕，蛋糕是三层的，上边铺满了各种水果，这种水果蛋糕现在很时兴。安小兰的朋友们都过来了，当然这些朋友也是乔志的朋友。朱天雷来得最晚，他的车上放着一个十分大的礼品盒，那盒子也实在是太大了吧，上边装饰着各种颜色的彩带，所以人们一眼看去就明白那是一件生日礼物，但人们不知道里边放着什么。安小兰希望那是一辆山地车，虽然小乔志还不到骑车的年龄。朋友们都知道朱天雷现在是做什么的，虽然有人不喜欢他做的那些事，他的行为艺术有些过火，有时候会让人感到十分恶心，还是去年夏天的时候，他让自己沉到水里，只在水面上露出他的那张脸，水面上漂满了死鱼，那些鱼都发臭了，他就那么在水里待着，后来他染上了一种皮肤病，好像是过了好长时间还没见好。安小兰的朋友们，七八辆车吧，一起出发了，其实车还没有开动他们就已经激动了起来，他们已经好长时间没有在外边搭帐篷了，他们要在缸底山先把帐篷搭起来，他们有各种户外活动的专用品，包括那种防雨灯还有那种防水垫，但他们希望不要遇到雨。他们还带了那种金属烤箱，他们要烤肉串，在户外活动最好吃烧烤，这比什么都来得方便，当然还有方便面，这是少不了的。缸底山之所以叫缸底山是因为它真像个缸底，而且还有一条小河。当年安小兰和乔志来过这里，他们在这里住了一夜，他们还做了爱，那天晚上他们听到了鹁鸪的叫声，是一直在叫。

安小兰她们是早上七点多出发的，所以，中午饭之前他们就到了。因为是要给小乔志过生日，主妇当然是安小兰，安小兰是个手脚很利索的女人，她什么都心里有数，酒，放在盒子里的各种凉菜她都一一弄好，安小兰为了这次活动把乔志从土耳其带回来的那个很大很大的坐毯带了来，那张大毯子打开来的时候有人惊叫了起来。“足够了。”安小兰说，“坐得下了。”安小兰说。“多么漂亮。”安小兰说。这时候，小乔志已经开始拆他的礼物。人们忙着别的事的时候，朱天雷和几个人把他那个巨大的礼品箱从车上弄了下来放在了土耳其坐毯的中央。这时候天上起云了，这就让人有些担心，担心忽然下来雨怎么办，好在人们都带着雨具。人们都围坐在了那里，朱天雷让人们都坐下，其实人们这时候已经开始喝酒，你一杯我一杯地倒上了酒，安小兰把烤好的肉串放在一个金属盘子里时还“嗞嗞”发响，这时候朱天雷开始往开打他那个巨大的礼品盒子，外边花花绿绿的彩色纸去掉后，人们才发现里边不过是个木头箱子，三合板的那种。说它是个木头箱子，还不如说他是个小柜子，因为它有个门。安小兰虽然没说话，但她知道那里边肯定是辆山地自行车，因为再过几年，小乔志就能骑山地车了，他需要这么一辆车。但周围的人突然都不出声了，而且马上有人尖叫起来，因为在那个箱子打开的一刹那间，一切都出乎人们的意料之外，一个人，从里边一下子钻了出来。安小兰在那一刹那间几乎是被吓了一跳，里边怎么会有个人。紧接着，安小兰真的尖叫了起来，她看到了乔志，活生生的乔志，又黑又瘦的乔志，他从箱子里边钻了出来，安小兰真是有些受不住了，她看看旁边的人，那些人都有些模模糊糊，这因为她的眼里瞬间都是泪水。

“过来呀，过来呀，过来呀！”朱天雷对安小兰说。

“过来呀，过来呀，过来呀！”朱天雷对小乔志说。

安小兰没有过去，倒是乔志大步大步过来了，又黑又瘦的乔志，大步大步过来了，眼睛是那么亮。他一把搂住了安小兰，安小兰觉得自己要窒息了，要喘不过气来了，要支持不住了，她挣了一下，乔志又把小乔志抱了起来，但他的另一只手，伸过来，停在了安小兰的耳边，他摸了一下安小兰的耳环。

“乞力马扎罗。”

乔志又摸了一下安小兰的耳环。

“乞力马扎罗。”

安小兰觉得自己要窒息了，要喘不过气来了，要支持不住了……

窗户人

朱光大第一次来按这家人的门铃时发了好大的火，他在门外大声说，用很大的声音说："我就住在对面，听见了吗？我就住在对面，我要跟你谈谈！"朱光大说话的声音太大了，他真是生气了，朱光大说话的声音连住在楼下的人都听到了。但无论朱光大怎么生气，那扇门就是迟迟不开，朱光大简直是气坏了，他开始用拳头砸门，里边才有了一点点动静，是"窸窸窣窣"，是"窸窸窣窣"，但门还是不开。那天，朱光大对他的好朋友李潮说，他是不经意才发现对面那家的窗里有人在用望远镜朝自己这边看，其实朱光大那天什么也没做，只是坐在那里看报，穿着睡衣睡裤和拖鞋，他不经意看到对面楼的窗户里边有人朝这边看，也没当回事。再后来有一天，朱光大洗过澡，因为家里没有别人，朱光大就总是光着身子在屋里走来走去，当然朱光大会在腰间围上一块浴巾，但有时候也不，什么也不围，猛地跳出来一下，把要拿的东西拿到手，再猛地跳进去，朱光大很喜欢日本歌手中孝介的歌声，所以他总是在中孝介的歌声中裸着身子走来走去，或者喝一杯茶水，或者喝一些饮料，当然这种时候他会在腰那地方围一块浴巾。自从朱光大和妻子离婚后，他自由多了。朱光大现在庆幸自己没有孩子，所以，他和妻子的离婚是速战速决，其实他们现在还是很好的朋友。他们有时候会互相打打电话，问一问对方的情况，比如朱光大早上是不是又去跑步，是不是又一直跑到了公园，还是不是又绕着湖跑了一圈，比如汤菊是不是还在减肥。每次问到这件事朱光大都会说："其实你一点都不胖，其实你一点都不胖，女人要是瘦了哪个男人能受得了。"其实说心里话，朱光大在心里是有些嫌汤菊胖，那次他们在床上，知道了吧，夫妻在床上能做什么？那天是天气太热，人身上到处是汗，汗这种东西可真是够让人讨厌的，有时候会让人的情绪变得很坏。其实朱光大只说了一句话，朱光大说，"再抬高点，再抬高点，你都把我给挡住了。"这你总该知道了吧，知道朱光大和汤菊当时正在做什么。这句话让汤菊难过了好长时间，后来她就决定减肥，为此她还买了一个玻璃的那种专门用来量体重的秤。那一阵子，汤菊到了晚上几乎都不敢吃饭，有时候饿得都快坚持不住了，但她也只是到厨房找点零食，杏仁或葡萄干儿什么的，也许是一块饼干。朱光大当然希望汤菊把身上多余的肉都去掉，所以他吃饭的时候总是特别留意汤菊。

“看看、看看，看看、看看。”朱光大说话了，一连许多个“看”字。

汤菊就会把吃到嘴里的东西马上吐出来。有时候汤菊实在是忍受不住了会大口大口疯狂地把喜欢吃的东西吃下去，然后再跑到卫生间把吃到肚子里的东西一股脑地吐出去。这种情况一直坚持到汤菊发现自己怀了孕。当然每个人都知道怀孕的妇女是不能减肥的，也最好不要做爱，也就是在汤菊怀孕的时候汤菊给朱光大买了那个充气娃娃，那时候朱光大特别的能要，为此朱光大都有些讨厌自己，但谁拿这种事也没有办法。但有一点是肯定的，朱光大不会去找鸡，朱光大认为人类就不应该有那种金钱与性的交易行为。朱光大几乎是个有洁癖的男人，朱光大总是把每天穿过的鞋子放在窗台外边去，所以朱光大的窗台上总是放着各种鞋子，朱光大喜欢的鞋都是那种户外运动鞋，各种颜色的都有，红红绿绿。汤菊给朱光大把充气娃娃拿回来的那天，朱光大真是害羞极了也兴奋极了，这你知道了吧，汤菊和朱光大的感情其实真是很好。直到现在，朱光大有时候还会玩儿一下那个充气娃娃，有时候在床上，有时候在沙发上，看电视的时候他也会，当然这一般是在晚上，他会把灯关了，但电视还开着，他一般是一边看电视一边和充气娃娃亲热，这就让朱光大特别的心虚，虽然他知道即使有人看见也不会知道他是在做什么，因为沙发的扶手把他遮去了一部分，但他还是担心，虽然担心但他还是那么做，这就让他有一种特别的感觉，朱光大认为人有时候就是为了一种特别的感觉而活着的。这就让朱光大特别不能容忍对面窗子上的那个人，那个人不但看，还拿着一个望远镜。朱光大去敲门了，但那门就是迟迟不开，朱光大都认为里边的人已经从猫眼看到他了，朱光大把门敲了又敲，敲了又敲。这是上午的事，到了吃中午饭的时候，朱光大是去下边的小面馆吃了一碗茄子面，然后又去敲门了。但门还是不开。朱光大把耳朵贴到门上，里边又发出一阵“窸窸窣窣”的声音。但朱光大想自己算了，敲开了门，面对那个人，自己又能做什么？这个世界上肯定会有许多偷窥癖，谁让自己恰好碰到了呢。

朱光大回家去了，顺便买了几瓶雪花啤酒。有一阵子，朱光大中午晚上都不怎么吃饭，就喝啤酒，再来一点花生米。朱光大是个爱整洁的人，他把屋子收拾得特别干净。朱光大有一阵子特别喜欢红颜色，他把屋子搞得红艳艳的，而且，有一阵子他自己也喜欢穿红颜色的衣服。朱光大有一双很漂亮的红色的运动鞋，朱光大穿一条红色的裤子，一双红色的运动鞋，就那么下楼了，出去了，上街了，去公园了。有时候他能听见有人在他的身后笑，朱光大知道这是什么意思，但朱光大觉得人活着最重要的一件事就是自己想做什么就做什么，还有就是最好让自己高兴。朱光大觉得自己已经不生气了，他给自己开了一瓶啤酒，然后去了一下卫生间，小便的时候他侧了一下身，看了看镜子里的自己，朱光大觉得自己留长头发更帅一些。好长时间了，朱光大都想留长头发。朱光大上大学的时候头发很长，当时也没觉得有什么好，还是上次搞画展的时候要几张照片，汤菊从摊了一床的照片里找出了他那张留长发的。那张照片让朱光大有些伤感，但朱光大看着镜子里的自己，决定过些时候要把头发留起来了。天已经很热了，屋里像是要比外边都热。朱光大开始脱衣服，朱光大喜欢独自在家的时候把所有的衣服都脱掉，什么也不穿，朱光大就那么在屋子里走来走去。当然在把内衣脱掉的时候朱光大会把窗帘拉上。朱光大去拉窗帘了，朱光大看到了什么？这可让朱光大气得够呛，朱光大看到了对面那个窗子。

那个窗户人，正趴在窗子上用望远镜朝这边看。

“妈的，也真是太不像话了。”朱光大说，对自己说。

朱光大把脱下来的衣服马上又穿上了，朱光大出去了，再次去敲那个窗户人的门。朱光大在心里已经把那个总是用望远镜看这边的人叫作“窗户人”，这种叫法再准确不过了，因为那个人总是趴在窗子上。朱光大注意到了，那个人在窗子上一趴几乎就是半天或一天，几乎不会走开。

“这个窥私癖！”朱光大说。

朱光大去敲门了，朱光大不再按门铃，他直接把手举起来就敲，他敲得很用力。但门还是没开，虽然里边又传来了“窸窸窣窣”的声音，但里边的人就是不把门打开。朱光大敲门的声音太响了，这时是中午，人们在睡午觉，旁边的那个门开了，有人从门里探出头看朱光大，这是个大眼睛中年人。朱光大穿着那双红色的鞋子，还有那条红色的裤子，很瘦的那种裤子，这种装扮可不会给人留下多少好印象。那人很快把门关上了，本来朱光大想问他一声，问什么？比如问一下他旁边的这家人是做什么的，怎么总是不开门。比如问一下，他旁边的这家人是不是有点不正常。

“你到底开不开？”朱光大在外面大声说。

但里边根本就没人答话。

朱光大用力踢了一下门，朱光大真是生气了。

但门还是没开。

朱光大又把耳朵贴在了门上，朱光大听到了里边“窸窸窣窣”的声音。

“我知道你在里边。”朱光大大声说，朱光大的声音可真是太大了，这是中午，人们都在午休。这时旁边的那个门又开了，刚才的那个大眼睛中年人把头从屋子里探了出来，用很小的声音对朱光大说，“晚上，晚上这个门才会开，现在你再敲也开不了。”不等朱光大问，大眼睛中年人又已经把门关上了。

然后，朱光大就只好离开了，朱光大想好了，要不就晚上再来一次，直到把这个门敲开，一定要把这个门敲开。朱光大回了家，他出了一身大汗。天很热，今年的天气有些不正常，早早就热了起来，听说尼泊尔那边已经地震了，死了不少人。朱光大进了家就开始脱衣服，然后去拉窗帘，拉窗帘的时候朱光大又看到了那个窗户人，还在窗子上趴着，这回窗户人的手里没有拿望远镜。

“妈的！”朱光大说。

朱光大已经把自己彻底脱光了，这下凉快了。然后他去冰箱里取了一瓶啤酒，啤酒的温度也合适，朱光大把电视打开，他想找个球赛看看，然后躺在沙发上一边喝酒一边看电视。但朱光大突然一下子又跳了起来，他又去了窗口那边，朱光大把窗帘轻轻拉开一条缝，那个窗户人不见了。

“妈的。”朱光大又说。

再次躺回到沙发上去的时候朱光大觉得自己也应该有个望远镜。

我为什么不能有个望远镜？朱光大问自己。

朱光大给汤菊打了个电话，告诉她自己很可能要去买一个望远镜。

“望远镜？”汤菊在电话里笑了起来，不知为什么，她就是很想笑。

朱光大喝过啤酒，很快就睡着了，这一觉他睡得倒是很舒服。朱光大总是在白天的时候睡很长时间，到了晚上才开始工作。朱光大睡到下午五点多醒来，然后去了前边那个楼，朱光大觉得这次去应该可以把那个门敲开，门果然一下子就敲开了。开门的是这家的女主人，朱光大觉得她应该就是这家的女主人。

“我是住在对面的。”朱光大很生气地对这个中年女人说。

“对面？”中年女人说，“有什么事。”

“问题是，”朱光大有些激动，他没办法不激动，

“你们家有人天天用望远镜看我，为什么？”

“请进请进。”

中年女人要朱光大进来，中年女人对朱光大说自己只是这家的钟点保姆，这家没人，只有老五一个人。中年女人又对朱光大说，“那么请你再进来。”

朱光大跟着中年女人进到屋里了，朱光大知道自己应该进到哪间屋子，知道哪间屋子朝着自己那边，朱光大往左拐了一下，那间屋子背阴，窗户人这时就在这间屋子里靠窗的地方坐着。朱光大在看到窗户人的那一刹那吃了一惊，朱光大先是看到了那辆轮椅，然后是坐在轮椅上的人，也就是那个窗户人。那张脸真是很白很瘦，除了很白很瘦还是很白很瘦，朱光大看清了，这是个比自己小很多的年轻人。这个年轻人坐在轮椅上，身子往后靠，正在看着自己，嘴微微张着，很害怕的样子。朱光大往下看，这才看到这个窗户人只有上半截身子。下半截哪去了？穿着什么？朱光大有些糊涂了。朱光大不明白窗户人下半截是怎么回事，但朱光大已经明白坐在轮上的是个残疾人，没有下半截的残疾人。朱光大刚才的声音可能吓着了他，窗户人的一只手好像有些抖。然后，然后朱光大还能说什么呢。然后，朱光大就跟着那个中年妇女去了另一间屋子。然后，他想听听关于这个窗户人的事。朱光大忽然为那几次自己重重敲门感到有些不安。

“你一来我就知道是为了什么。”中年妇女对朱光大说。

“你不是第一个过来敲门的人。”中年妇女告诉朱光大已经有很多人来找过了，“但他除了往外看看还能干什么呢。他走不了路，下不了楼，他几乎不能动，他几乎什么都不能做，大夫说他的眼睛连电视都不能看。问题是他的父母都不在了，是他的姐姐每个月给他寄钱来养活他。”中年女人说。

“这房子是他姐姐的。”中年女人告诉朱光大窗户人的姐姐在新疆工作，很少回来。中年女人还告诉朱光大窗户人的姐姐人很好，“现在这种人越来越少了。”

朱光大要中年女人不要再说了，朱光大给自己取了一支烟，但他没点，又把烟放了回去。朱光大忽然觉得很难过，朱光大很想对窗户人说句什么，他掉过脸朝那间屋看了一眼，但朱光大看到的只是墙，墙上挂着一个已经不再走动的挂钟，还有过去的一本挂历。朱光大临离开的时候，又到背阴的那间屋看了一眼窗户人，窗户人也看着朱光大，像是被吓着了，身子朝后靠着，像是要躲避什么。窗户人的那两只很大的眼睛让朱光大很难受。

“对不起，对不起。”朱光大不知道自己是在对谁说“对不起。”

“对不起。”往外走的时候朱光大又对中年妇女说，但朱光大希望自己的话窗户人能听到。

“对不起。”朱光大说。

“没关系。”朱光大又说。

“你是个好人。”中年妇女说，有人来找过，还张嘴就乱骂人。

下午的时候，朱光大出去了一趟，公园北边紧靠菜市场的那里有个户外用品专卖店，朱光大知道那地方肯定有卖望远镜的。朱光大进去就看到了，都在架子上。朱光大喜欢红色的那种，他试着用望远镜望望外边，户外用品专卖店的对面是花摊子，卖各种的盆栽花，朱光大还不会使用望远镜，眼前先是一片模糊，但朱光大突然笑了起来，他在望远镜里忽然看到了一颗牙齿。望远镜再一晃，是什么，朱光大又看不清了，朱光大又笑了一下，原来是对面那个人的鼻子，朱光大甚至还看到了鼻毛，朱光大想不到那会是鼻毛，朱光大笑了起来。从户外专卖店出来，往回走的时候，朱光大看了一下手机里的新闻，朱光大想知道尼泊尔那边地震究竟死了有多少人。朱光大忽然改了主意，他想去花园看看树上的鸟儿，当然是用望远镜。朱光大从花园的北门进去，然后再从南边那个门出去，再走一段路就到家了，这样还抄近路。朱光大穿过那条街去了花园，他在花园的树下看了一会儿鸟，其实什么也看不清，鸟在不停地动，总是飞来飞去，望远镜好像根本就不是给活动的物体准备的。朱光大忽然不动了，他看到了，一对男女，抱在一起。在对面的树丛里，朱光大觉得自己不应该看这个，但朱光大还是看了，朱光大看到那个男的把身体在往前顶。朱光大觉得自己不应该看，心“怦怦”乱跳。朱光大看看左右，还是离开了，这是玫瑰开花的季节，朱光大闻到了。朱光大站了一下，看着自己的红色的鞋子，心里却在想那一男一女，不知道他们这会儿进行到什么地步了。朱光大用望远镜又朝那边看了看，但这回什么都看不到了。

“但愿他们没事。”朱光大在心里说。

也就是这天晚上，半夜的时候朱光大起身去厕所，这时候人们当然差不多都睡了，对面楼的窗子都黑着，朱光大回卧室的时候却发现对面窗户人的窗子还亮着。朱光大马上用望远镜朝那边看了看，发现窗户人在窗台上趴着，像是趴在窗台上睡着了，又过一会儿，朱光大又看了一下，窗户人还在那里趴着。又过了一会，朱光大又看了一次，那个窗户人还趴在窗台上。

“肯定是睡着了。”朱光大对自己说。但朱光大自己却睡不着了。

朱光大又下床去看了一下，那个窗户人和刚才一样，还趴在窗台上。

此时夜已很深很深。

河南街

怎么说呢，在这个北方的小城里不但有条“温州街”，还有条“深圳街”，但最热闹的还要数这条“河南街”。在“河南街”上做生意的人大多都是从河南那边过来的，街不宽，两边都是各种各样的铺子，当然也有小饭馆，据说河南烩面数这里做得好，所以不少人还专门跑到这地方来吃烩面，紧挨着烩面馆的那个粮店生意所以也就跟着好了起来。怎么说呢，人们都说河南是出麦子的地方，所以这里的白面就比别处的好。人们以前买粮食，须去国营粮店，现在是，国营粮店没了，但在街上走走，不用发愁找不到卖粮的地方。国营的大粮店没了，但私人开的小粮铺却多了起来。如果你去买大米，可以一家一家比过来，不单单是价格，米的好坏也有很大的区别，白或不白原来并不是评判米好坏的标准，须看它晶莹不晶莹，这样一说，倒好像是在买宝石了，大米虽不是宝石，但它比宝石重要，人不吃饭不行，宝石呢，你没它未必就会死。买米的人，若是上岁数的，都喜欢一家一家地比过来，抓一点米放手里，老眼觑着比来比去。这在以前就办不到，在以前，你粮店里非得有熟人不行，好米来了，他会悄悄跑到你家告诉你今天有好米。你去了，他会不动声色把好一点的米搬一袋出来倒在米箱里。粮店的样子现在许多人都不大清楚了，一进门，首先是一个一个的木头粮柜，粮食就都在这木制的粮柜里放着，玉米面，一个柜。白面，一个柜。大米，一个柜。高粱面，又一个柜。小米，当然也要一个柜。当年还供应豆类，每人每月一二斤，多不了，黑豆、小豆、梅豆或绿豆，随便你喜欢买哪种。豆子又得各要一个柜。柜子后边就是面袋，都码得很高，直顶到房梁。白面码白面的，玉米面码玉米面的，大米码大米的，还有就是挂面，也一摞一摞码在那里。起码直到八十年代末，所有的家庭要吃饭就得去粮店买粮，家里要备有许多种面袋，放白面的，放大米的，放小米的，放玉米面的，放豆面的，大袋儿小袋儿各有各的用，也一定不能乱。当时每月供应多少白面大米或粗粮都是有规定的，买白面的时候，你可以买挂面，买了挂面你就别想再买白面，就供应那么多。但你这个月没全部买完，粮店的人会给你存起来，想买的时候再说，会过日子的人家，会月月从嘴里抠出些细粮存起来，过年家里来客人不至于拿不出大米、白面。粮店内部最特殊的地方应该是那几个从房顶吊下来的铁皮大漏斗，你把空面袋对着铁皮漏斗用手撑好了，负责称粮的就会把粮食从铁皮大漏斗给你倒在粮食口袋里。放粮食的木柜子到了晚上要打印子，一块大方木板，上边刻着字，要在面柜的面上一个挨着一个地打印子，这样一来，值夜的人就没法子打面柜子里粮食的念头，你要是去偷面，那面上的印子一乱，马上就会被发现。那块打印子的板子一定是要锁在一个地方，一般人拿不到手。究竟谁在保管那个印模子，不得而知。粮店还卖一种粮，就是土粮，是从粮店地上扫起来的那种白不白灰不灰的粮食，里边也许什么都会有，白面，玉米面，小米大米什么的，这种粮食也不是一般人都能买到，必须是熟人。土粮买回去做什么？虽被踩来踩去，但买回去还是一个字，吃！那时候人们的肚子真大，肠子也粗，总是不够吃。

这条街，紧靠着公园，原先的名字其实是叫“花园北街”，从公园的北门一出来就是这条街。如果从西往东看，是一家挨着一家的小吃店和各种小商店。从西边那边数，先是一个五金杂货店，店里什么都有，扫地的扫帚、拖把、大大小小的塑料桶、各种的塑料袋子、各种的刷子、碗筷和绳子、钉子、螺丝、水龙头、尺子、油漆，种种种种，你数都数不过来。这个店本来不大，却还要住人，说是住人，只要晚上能睡一下就行，就在离屋顶一米多的地方搭了板子，晚上睡觉就爬上去，下边，是架子，架子上是各种的货，要取什么，得弯下腰。这样的小店，看上去乱，其实主人心里有数，你要什么，只要说一声，那个年轻的小老板即刻就会给你拿出来。谁家的水龙头坏了，急得不行，跑来了，说要多大口径的，家里正在“哗啦哗啦”跑水呢！那个年轻的小老板说别急别急，转眼已经把水龙头给拿了出来，这家店，照例是河南人开的。年轻的小老板长得很帅气，两眼闪闪发亮，为人也和气，人们只叫他“小河南”。女的虽相貌一般，但勤快，一边卖货一边看孩子一边还要照顾炉子上的饭。快过年的时候，她居然还会做几条腊肉挂在那里，或者是一只鸡，从肚子那里劈开，用细竹棍把它再撑展，已经用盐搓过，也挂在那里，风几天再吃。这个小店真是小，但他们吃饭在这里睡觉也在这里，早上起来的第一件事是要把有些货搬到门口去一一摆开，到了晚上再收回去，然后，关门了，门缝里有灯光透出来，是一道，黄黄的打在街上。人们想象不出这家人怎样生活，连大带小到了夜里怎么往上边的那个铺上爬，更想不到这对年轻的夫妻怎么做那事。但那女的，肚子分明又大起来了。他们为什么从老家跑出来？很简单，就是为了再生个三胎，因为他们的前两胎都是女儿，这让他们不甘心，甚至于是生自己的气，他们努力，夜夜深耕细做，到处打问偏方，其实谁也不知道要想生个男孩儿该怎么努力，该吃什么偏方。他们是忙碌着并且快乐着，倒是别人替他们有些担心，担心他们为了取暖在小得不能再小的店里生了个炉子。在这个小城，取暖要用煤，人们总担心他们晚上别让煤烟呛着，但一切又都平安无事，一大早人家又起来了。夏天，那小河南打着赤膊，拖鞋；冬天，也只是秋衣秋裤，在门口刷牙，“噗噗噗噗、噗噗噗噗，”刷完了，仰起脸“咕咕咕咕”，再低下头“哗”地一吐。弄好这一切，穿衣服开店。有人来了，小河南的嘴里还正在嚼着一个饼子，一边嚼一边问要什么。径直去取了出来，一边嚼嘴里的饼子一边找了零，一边说：“有什么就请过来。”马上，又有人来了，这回是要买玻璃胶，买了玻璃胶犹豫着该不该买打玻璃胶用的那种枪。小河南递一个打玻璃胶的枪过来，说，“不用买，你拿去用就行，用完了再给我。”就这样，都解决了，日子，也就这样过了下来。还要说一句的是，其实小河南也不小了，都三十多了。小河南爱吹笛子，晚上，如果是夏天，热得睡不着，他会在门口吹好一阵子，有人会寻声而至听他吹。下雨天，即使是白天，客人少，他也会吹。吹什么呢，《采牡丹》，是河南的歌，很好听，或者是吹《我是一个兵》，这支歌，是，怎么说呢，一挺一挺的感觉。听他吹这支歌，不少人就会在心里想，他是不是当过兵？还有人专门问过，结果是他没当过，早年想当，但他没通过体检，因为他的平脚心。为此，小河南到现在还是愤愤不平，“我走路又不比别人慢！上山也不会落在后边！平脚心怎么啦?”问他话的人又不知该怎么安慰他，也只好把话岔开，说现在当兵也就那样，也没仗打，整天闲着，也就是白吃国家的饭！再说，平脚心虽然是平脚心，但也照样生儿养女，你看你那两个闺女多好。话说到这地步就有些开玩笑的味道了，大家便都笑了起来。大家背后就都叫他“平脚”。这家小店旁边，又是一家土产店，门面也不大。土产店的内容更丰富更琐碎一些，蘑菇、黄花、黄芪、木耳、紫菜、冬菜、海带、虾米，当地的那种白酒，用塑料卡子一卡子一卡子地装好码在那里，还有黄烙饼，糖干炉，别处没这样东西，其实也就是饼子。或者是那种风干牛肉干，其实也不是本地的，还有人参，这地方出人参吗？拉倒吧！但也当作本地的土产卖。除了卖这些东西，这家小店还卖香烟，也收，谁家的烟抽不了，给几个钱收回来，再加几个钱卖出去。还有烟叶，这倒更像是土产，一捆一捆地吊在墙上，还专门有人过来买这种烟叶，大多是河南老乡。开这家店的恰恰又是河南人，是姐弟俩儿，岁数都还很小，二十多岁。有时候早上开了店门，姐姐在那里扫地或者是招呼客人，弟弟还在靠窗那很窄的床上睡觉。或者是弟弟在那里招呼客人，姐姐在那里睡觉。这小店里，就那么一张很窄的床，人们不知道这姐弟两个怎么睡觉。也许，一个睡在这窄床上，另一个到了晚上会睡在柜台上，但柜台是玻璃的，能行吗？能翻身吗？但人们才不管行与不行，人们想过也就忘了，而这姐弟两个人的生活却一天一天地继续下去。有人不相信他们是亲姐弟，但有人出来做证了，是这姐弟的叔叔，人们才又知道，这姐弟俩原来是开包子铺那老两口的儿女，那包子铺就在西边。在这条街上做事的，大多都是河南人，他们大多都是互相拉扯着出来到这里来做生意，你拉我我拉你。他们之间多少都还有些亲戚关系，互相照应着，大家出来，都不容易。这条街上原来的几家河北那边的后来也就都走了，也说不上是挤兑，但许多的不方便都在里边。口音不对，要说的话就少，凡是做生意，都需抱团，可以互相照应，所以是老乡最好。就一如这个城市澡堂里面的搓澡工，都是扬州那边的，有一个两个不是扬州的即使手艺好也干不住，干几天，或是干几个月，最后的结局总是卷铺盖走人。这家土产店往西走就是那个很大的超市，超市与土产店之间就是那个包子铺。包子铺呢，门面也不大，天气暖和的时候蒸包子的那个炉会给搬出来放在店门口，热气腾腾的，小笼屉一码老高。门里边是一个案子，有人总是在那里不停地包包子，吃包子的人坐在更里边的几个小座儿上。这小店除了包子，还卖稀饭和酸辣汤，还有小菜，也就是芥菜疙瘩切的丝，齁咸，不要钱，放在一个红色的塑料盆子里谁要谁自己去取，旁边放着一摞小碟子。包子有好几种，味道还不错，包子铺的女老板岁数不小了，她是又卖包子又打下手，剥葱、择菜、擦拭桌子、洗碗筷，她男人负责在那里又是揉面又是包。有人要包子了，她答应一声，马上就递了过来，有人打包，她亦是随手就好，麻利得很。小笼包子是四块钱一笼，一笼六个，一般人也就够了，若还不饱，就再来碗粥或一碗酸辣汤，粥和汤都是一块钱，加起来不过五块钱，这顿饭很便宜，所以经常来她这里吃饭的都是学生，打工的，做小买卖的。也有老客，几乎天天来，还有那个捡瓶子的老头儿，人们都叫他陆老师，就这个陆老师，穿着还算干净，但他没戴眼镜，这就让人怀疑他是不是当过老师，在人们的印象中，老师都会戴那么个眼镜。人们都知道陆老师已经退了休，现在的工作好像就是到处捡玻璃瓶子，来了，也不肯坐，要一笼小笼包子，总是吃四个，剩下的两个带回去，虽是两个包子也打包。

“算是晚上的饭。”陆老师说。

“中午那顿呢？”有人在旁边嘻嘻哈哈问。

陆老师说中午也许吃面条儿，或者说今天中午也许吃米饭炒菜，或者说，中午大馒头夹猪头肉！陆老师一转身离开，就有人说话了，“还大馒头夹猪头肉！夹干巴树叶子吧！”人们都说这老头儿怎么可能是教员，教员有捡瓶子的吗？这个陆老师天天都要出来捡东西，主要是捡玻璃瓶子，都塞在一个大袋子里。有时候他会跟着一个人走，那个人正在一边走一边喝饮料或者是可乐，快喝完了，陆老师会跟着一直走，是跟着瓶子走。就这个陆老师，这两天忽然不见了。

包子铺的女老板问她男人，“陆老师是不是病了？”

她男人手不停，一下一下一下一下，揪剂子，两眼却看着外边，说，“早上还看见他往西边去了，”又说，“什么陆老师，我看他根本就没当过老师，当老师的还会去捡破烂？”

女老板说，“话不能这么说吧，人们都这样叫他，都叫他陆老师。”

女老板的男人就不再说话，继续一下一下一下一下，这回是擀，擀十个二十个皮子，然后包，一下一下一下一下。好一会儿，又说，“反正我看他不像，他到处捡瓶子，要是让他的学生看到了呢?”他这么说话的时候，他老婆，已经开始择韭菜，把一捆韭菜解开，抖了抖，然后择，再洗，控控水再切，这是一种馅子。弄完这个，再弄小白菜，说小白菜，其实都是菜市收摊的时候买回来的油菜，用水泡一阵子，再择，然后再洗一遍，整棵地放在锅里焯一下，挤了水再切，这又是一种馅子。虽说是小店，但天天都要从早忙到晚。肉馅儿是晚上做好的，一大盆，都放在一个红塑料盆子里，另一个盆子，是豆馅儿，还有一个盆子，里边是菜馅儿。其他馅子是用多少现拌，拌什么馅子从肉馅儿里边铲出一些一拌就是。各种的馅子里边最数香菇馅儿麻烦，发香菇，切丁儿，香菇的梗子肯定不会扔掉，这就更难切，但人们还爱吃这种香菇馅儿的小笼包，从早上起他们要一直忙到晚上。

“当老师也不容易，嗓子都是哑的。”女老板择着韭菜，又说。

“我容易吗？”男的说。

“那你也没去捡瓶子。”女老板说。

“唏——你希望我去捡瓶子？”男的说。

“捡瓶子又不丢人。”女老板说，“又不是去偷。”

“唏——好人谁去捡瓶子？”男的说。

“捡那么多瓶往哪儿放？”女老板说。

“唏——”男的这回笑了，“收破烂的可有的是地方。”

女老板也笑了。这会儿是人们刚刚吃过早饭但还没到吃中午饭的时候，虽然两口子手里不停，但他们可以说说话，到了中午客人一来，他们两口子哪有工夫说话？他们是，一天忙到晚，晚上那顿饭到半夜才能吃到嘴。

“咱们的包子，他说一天不吃就想得慌。”女老板说。

“咱们的包子应该涨了，一个一块钱才对。”男的说，“一笼六块钱也不贵。”

“陆老师两天没来了。”女老板说。

“天下又不是你一家包子铺。”男的说。

这时候电话响了，男的就手接了，是让中午送包子。打这种电话的是熟顾客，也都住在附近。男的就手记了一下，靠案板的墙上有个小本子。

这条街，怎么说呢，是要多窄有多窄。这条街虽然窄，但它可以把东边和西边的两条街连起来。抄近路的人都喜欢从这条街走，还有就是为了躲避红灯和摄像头的车辆也会从这里抄近道，所以这条街就特别的拥挤，特别的易堵，上班下班的时候就更挤，所以人们就都说“该出事谁都拦不住”。谁出事呢，是卖包子的女老板的男人，是大早上，他把热气腾腾的包子打好包，一共有许多包，都是那些老顾客的，他天天都得送一趟，哪家要多少个，哪家要多少个都是头天打电话说好的。虽说放在塑料食品袋里，却不能把口系上，都要畅着口，腾腾地冒着热气，要是系上口就坏了，包子就会给捂黏了，不好吃了。他拎着包子，上了他那辆三个轮子的车，车刚开动人就飞了起来。一辆小货车从东边开过来，这时候街上还没有多少人。小货车为什么会把车一下子就打偏了呢？原来它是为了躲一个老太太，那个老太太岁数大了，走得很慢，她原想是要过街对过去，但她没有停下来，径直就往对过走，那辆小车一躲她，包子铺那个忙着要出去送包子的男的就飞了起来。

这时候，怎么说呢，街上的人还不多，但人们还是听到了“嘭”的一声，就见包子铺的那个男的飞了起来，一下子又落到了那辆车的前挡上，撞在玻璃上了，然后再一跌，跌到了地上。那辆送包子的三个轮子的车在原地打了一个转又停下来。车上的司机下来了，是个年轻人，他吓坏了，他跑到车前边把包子铺的男人扶起来。人们都看见了血，从包子铺的那个男的鼻子里、嘴角上，好像是，连眼睛都有血，但他站起来了，一下子就站起来了，这让旁边的人都吃了一惊。他站起来后先看了一下他的送包子的车。这时候那个年轻司机从车上取来了一大卷卫生纸，他帮包子铺的那个男的擦血，包子铺那个男的脸上都是血，但还是擦干净了，虽说擦干净了，但马上又有血流了出来。旁边的人都看着包子铺的男人。

有人说，“你动动，动动，试着动动。”

包子铺的男人用手拍了拍自己的胳膊，说没事，又拍拍自己的腿，说没事，他把两只胳膊扬了扬，说没事。

有人说，“你再走几步，走几步。”

包子铺的男人走了几步，说，“没事。”

那个小车司机在一旁帮包子铺的男人擦脸上的血，那血慢慢不流了。

有人建议包子铺的男人洗一下，有人去取盆子了，去小河南那边，不一会儿连盆带水还有毛巾取了来，包子铺的男人就在那里把脸洗了洗。

“看看这，看看这，多危险。”旁边有人说。

包子铺的男人这时候想起他送包子的事了，他对那个站在一边发愣的司机说，“你走吧，我没事。”

那个年轻司机说，“要不去医院看看，你放心，我也放心。”

包子铺的男人又扬了扬胳膊，说，“没事，你走吧，我还要送包子去呢。”

“好家伙，你刚才飞多高。”旁边有人说话了。

“我怎么就飞起来了？”包子铺的男人说。

人们都看看包子铺这个男人送包子的车，都觉得奇怪。就是啊，这个人，这么大个人，怎么就飞起来了呢?

包子铺的男人说他没事，他要送包子去了，他的老顾客还等着吃呢。他上了他那辆送包子的车，是，他先走，然后，那开小车的司机后走。小车司机是个好人，又紧追几步，他让包子铺的那个男的停停，说要给他留个电话。“有什么事给我打电话。”

“哪有什么事。”包子铺的男人说，“我这不是好好儿的吗。”

“叫你儿子过来替你去送一趟。”有人说话了，是熟人。

“他店里也忙。”包子铺的男人说。

“你该去医院看看。”这人又说了。

“没事没事。”包子铺的男人摆摆手。

包子铺的男人送他的包子去了，河南街也慢慢热闹起来。是，车也多，人也多，天气虽然冷，但这地方就不显得那么冷。因为人多，便你挤我我挤你，有人举着一把扫院子的那种大扫帚挤过来了，有人扛着卷成一个大卷的棉门帘挤过去了。有人扛着一大团绳子往过挤，有一个什么东西过来了，很大，是一个锅炉，在一辆小四轮上。这你就知道了吧，河南街简直又是个小商品集散地，在这条街上，你几乎什么都能买到，只有卖糖葫芦的站在那里不动，糖葫芦红亮亮的真好看。河南街真是热闹。这种热闹原是没法写出来的，须你自己站在那里去体会，虽然没有什么惊心动魄的事情发生，但许多人都喜欢来这种地方，即使不买什么，即使没什么热闹可看，但他们就是喜欢待在这里。这就是日子，人们的日子原都是这样过下来的。看上去热闹，而实际上是平庸单调没什么意思，就像是一条河，“哗哗哗哗”地流着，是浪花飞溅，是大浪加上小浪，而水下边其实很平静。

新的一天来了，天气是一天比一天冷了，河南街和别的地方一样，睡了一晚上，安静了一晚上，现在又在太阳下醒了过来，这有什么好说，没什么好说。街两边的店铺一家挨着一家开门了，卖包子的又把炉子推到了门外，炉子上是很高一摞蒸小笼包子的那种小笼屉。因为天气已经很冷了，门一开就会有大团大团的热气跟着冒出来。包子铺旁边的那家小店也开了，里边的人正在扫地，把睡了一晚上的那种可以折叠的床收了起来，收起来的床立在了门后，这样一来店就像是大了一些。再旁边的那个店，已经有客人进去了，不知要买什么，正在和店主说话。店是一家一家都开了，时间便一点一点过去，很快就到了中午，而终于有事情发生了，人们都发现，这条街最西边的那家小河南的五金杂货店却没有一点点动静。一开始，人们在心里嘀咕，这个小河南，怎么这么能睡？到后来，人们觉着是不是有什么事，已经中午了。再到后来，人们去敲门，门上是那种里外都可以锁的暗锁。人们又是推门又是敲门，可里边居然连一点点动静都没有，人们觉得有事了，出事了。旁边店的人，还有小河南的老乡，不少人都过到这边来，人们都很急。这时已经是中午了，人们决定把门打开，但这个门还真不好打，里边是那种玻璃门，玻璃门外又是一道铁门，要把门打开，须先把铁门打开才行。人们只好去找开锁匠，但河南街上还没有开锁匠，及至找来了开锁匠，时间又过去了够半个多小时。人们都紧张了，都围到这边来。人们不敢说小河南出事了，只说“怎么还在睡！”“这家伙真能睡！”有人想起小河南吹笛子来了，小声说，“以后恐怕听不到了。”有人突然尖叫了一声，“还有孩子呢，两个孩子。”这声音很尖，却一下子又小了下去，不再出声。锁匠开锁的时候，不知是谁冲上去猛地把门敲了两下，“小河南、小河南！”但里边连一点点声音都没有。

小河南的五金杂货店终于给打开了，人们闪开去，又拥上去，小河南的店门，那铁门和里边的玻璃门都打开了，人们的心都提到了嗓子眼那里，但忽然，人们都不敢进去，谁也不敢第一个进去。而终于有人进去了，喊：

“刘金贵，刘金贵，金贵，金贵。”

但这个人很快又出来了。

人们的心又都从嗓子眼那里归了原位，因为这个人说：

“里边根本就没人。”

这个人又说，“这个死金贵，吓死人。”

人们这才知道小河南的名字叫“刘金贵”。

这是个很好听的名字。

人们遂慢慢慢慢散开。

“这个死金贵!”

那人又说。

“金贵——”

这人又大喊了一声，把周围的人吓了一跳。

太阳偏向西面的时候，河南街更热闹了。快要过年了，人们有各种的东西要买，有各种的事情要办。街对面的公园里有锣鼓声响起，是大妈舞蹈开跳的时候到了。其实她们是从早上跳到下午，再从下午跳到晚上。晚上如果不冷，她们也许会跳到更晚，她们虽然都老了，但她们像是有无穷的活力，但她们的活力好像已经找不到正经去处，只能交代给舞蹈。其实她们的舞蹈一点点都不好看，只是那锣鼓点给这边的河南街凭空增添了一些喜气，人们就是在这莫名其妙的喜气中挤来挤去，这一天就这样过去。

真是心乱如麻

九年前年她就找到了这份儿不错的工作，当时也真是凑巧，这家的主人急着要找一个像她这样的保姆，因为他们马上就要出国，全家都出去，去新西兰定居，而他们的母亲却一时怕没人照顾。她和这套房子的主人只见了两面，就拖着她的全部家当来了，从那时候起，已经过去九年了，在这整整九年中，这套房子的主人一共才回来过三次。现在，她就像是这套房子的主人了，而这套房子的主人也已经把一切都交给了她，包括几乎是所有的钥匙。他们给她的工资不能说低，一个月两千六，每年会定期往回寄两次。而老太太的退休金，她每个月会替老太太去银行取一次。而且这套房子的主人还对她说过，说只要是把他们的母亲服侍好了，她的工资每年还会递增一百，如果他们的母亲能再活一百岁的话，她的工资到时候就要增加一万！好家伙！当然她知道谁也不可能活那么大，即使是拼命让自己活也不可能。她明白即使是自己，如果现在才十七八，也活不到那么大。她现在不敢想这件事，她唯愿这套房子主人的母亲就这样一直活下去，她甚至想最好是自己有一天忽然不行了而这套房子主人的母亲还好好儿活着。她想过死，其实每个人都或多或少想到过死。她觉着最好的死法就应该像楼下的那个老头儿，上午还在院子里大声说话，用除草器修理草坪，到了晚上据说就不行了，正吃着饭，喝了一杯白酒，就一下子趴在了餐桌上。但她在心里希望这套房子主人的母亲一直活着，她活着她就有事做有地方住。她很早就是独身一人了，丈夫早就去世。厂里的锅炉发生了大爆炸，她丈夫当时正站在锅炉前边，人一下子就没了，只有一条腿在墙上贴着。而她也没有子女，所以，丈夫去世后她就一直住厂里的公共宿舍。也正因为如此，这套房子的主人才一下子就选中了她。直到现在，她一直都很感谢这套房子的主人。那时候，她都发愁她那些有限的东西都放在什么地方？东西虽然不多，但都是必需的，从工厂宿舍把那些东西一搬出来，她就慌了，好像是世界末日来了。也正是那时候，她被介绍到这家来做保姆。这家的房子挺大，是这座住宅楼最高端的一层，是复式二层，上边那一层南北还各有一个挺大的露台，只不过南边的比北边的大一点。她来这家做事，也就是每天一起来就打扫卫生，先擦地板，然后再擦拭家具，然后是做饭。刚来的时候这家人还没全走，让她就住在楼上的一间靠近卫生间的小屋子里，那间屋子的屋顶是倾斜的，动不动就碰头，不过她现在早已习惯了。卫生间旁边还有一间屋顶倾斜的小房间，里边挂着不少女主人的衣物，现在那些衣物都还挂在那里，裙子大衣什么的，用一幅白色的大窗帘苫着，还有许多鞋盒子。已经九年了，从没人去动过这些东西，她进去过几次，去看暖气是不是够热，有一次她还打开一个鞋盒子，把里边的鞋取出来试了试，她这么做的时候心里“怦怦”乱跳，好像自己已经做了什么坏事。这家的主人让她住到楼上有他们的想法，楼上两个露台，他们怕那些修补房顶的工人晚上会偷偷从露台溜进来，或者是别的什么人，小偷也常常会爬到最高这一层来。这家主人考虑到这一点，就让她住在了楼上。但现在她又住在了楼下，这套房子的主人一走，她就下来了，主人的母亲非要让她下来，她现在就住在这家主人母亲旁边的那间屋。但她自己带过来的东西都还放在楼上。楼上那间屋里有一张床，床上铺着本来是用来铺在地板上的那种很厚的红色麻毯，麻毯被猫抓得乱糟糟的，那只猫现在不在了，已经送了人。靠墙是一个书架，架上放着些没用的课本。都是这家女儿上高中时候的课本，还有个小瓷炉，那种黑黑的，像个小亭子，打开盖可以插香，还有两盒盘香，那些盘香她想肯定连一点点味儿都不会有了。有一次她居然还点了一下，香冉冉升起来的时候，她的心里又“怦怦”乱跳起来，好像自己已经又做了什么坏事。她的一个旧皮箱，还是当年买的处理货，但挺结实。还有一个塑料箱，粉色的，上边的两个小轮子早就不能动了，原来还可以拉上走，现在就放在书架旁边的地上。还有一些别的什么，都打了包放在书架上边，苫着发了黄的报纸，那好几大包东西她好久都没打开过了，因为她从来都没想到过再去别的什么地方。九年的时间让她觉得这里就是她的家。春天的时候，她还在南边的阳台上种了不少东西，用那种塑料盆，那种绿色的很大的塑料盆。当年不知道这家主人用这种盆子种什么，她把盆里干枯的根子挖出来看了老半天，还是不能知道是什么植物。她在这种盆子里种西红柿和青椒，她自己留的种子，把选好的西红柿和青椒一直晒干，再把种子取出来，到了春天直接种到盆里，还有薄荷和紫苏。老太太也经常跟着她在露台上看她浇水，或者跟她一起晒晒太阳。北边的阳台上还有七八盆花，都是红色天竺葵，她经常一迈脚就过到那边去浇花。冬天的时候她还会做腊肉，把带皮五花肉买回来，用酱油和糖当然还有白酒腌那么几天，然后把它们拿到南边的露台挂在晾衣服的绳子上。老太太挺爱吃她腌的腊肉，只是老太太的牙不好了，一小块腊肉要嚼上老半天。谁知道老太太那口假牙都镶了有多少年了，动不动就往下掉。吃饭或说话，老太太只要把手往嘴边一抬，她就知道老太太嘴里的假牙又要掉下来了。

那天她对老太太说现在镶牙很方便，不费事。

老太太正把勺子往嘴边送，勺子里有一点点米饭。“我还能活几年。”

老太太的这句话让她的心里一时很烦乱，她站起身就去了厨房，心里“怦怦”乱跳，她忘了自己到厨房要做什么，水也没有开。她在厨房里站了好一会儿，她问自己，要是眼前这个老太太突然不在了，自己应该去什么地方？什么地方可以让自己去？她被这个问题吓了一跳。

可老太太现在确实是一下子就没了，今天早上一起来她就觉着有什么不对头，屋子里静得有点不对劲，既没有咳嗽声，也没有别的什么声音。她在厨房里做好了牛奶麦片，心里不知道怎么就“怦怦”乱跳起来，她觉着是不是出什么事了，她拿着一个玻璃杯去了老太太那间屋。床上的老太太头歪向一边，嘴微微张着，人一动不动，已经死很久了。

现在老太太就静静躺在她屋子里的床上，就跟睡着了一样。老太太的样子并不让她害怕，让她想不明白的是老太太得了什么病，怎么会一下子就死了？从上午到现在她就一直呆坐在老太太屋子旁边自己的屋子里，就坐在窗边的床沿上。从窗里看出去，对面楼顶的雪化得差不多了，春天快要来了，有人在对面擦玻璃，人蹲在窗户里边，一条胳膊伸在外边。这说明外边的天气很好，但她的脑子却是要多乱有多乱。窗台上的那两盆天竺葵有点缺水，叶子蔫了。

这时又有人打来了电话，电话响了好一阵子。她希望这个电话不是从国外打过来的，一旦是国外打过来的，她不知道自己到时候该怎么说，但打电话的又是那个女的，那女的在电话里总是说什么东西做好了，让过去试试。她没说什么就又把电话放下了。她已经想好了，要是老太太的儿子或其他人打来电话，她就说老太太睡着了。一般来说，她一说老太太睡着了他们就不会再让她把老太太叫醒。很长时间了，他们都不往过打电话了，他们都很放心，因为他们给老太太找了她这样一个保姆。她想他们也应该放心，她想他们已经吃透了她，知道她希望老太太一直活下去，老太太只要活着，她就有住的地方和吃的地方，还有工资。他们也知道她希望老太太活的岁数越大越好，到时候她每年还能长一百块钱，所以他们一定都很放心。所以他们打过来的电话越来越少，更别说回来看看。

她坐在那里，两只手的手指交叉着，两眼一直看着窗外。对面楼靠楼顶的地方雪化得差不多了，下边靠屋檐的地方雪要多一些，那天对面那家人楼顶的太阳能热水器可能是坏了，水一直往下流，亮花花的，就那么一直从楼顶流到了下边的院子里，再从院子里流到院子外的路上去。这会儿，她看到了热水器上落了一只很大的鸟，黑色的，但她从来都叫不出鸟的名字。她其实很爱看有关动物的电视频道，但老太太不爱看她也就算了，虽然楼上还有一台电视，就在一上楼的地方，电视前还放了一把很宽大的椅子，椅子旁是一排小书架，上边塞满了过时的课本和过时的杂志。这台电视已经很久没人看了，有两次，她悄悄上楼打开了电视，找到了动物频道。她这么做的时候心里又“怦怦”乱跳，又像是自己已经做了什么坏事。

她坐在那里，她不知道自己现在应该做些什么，该不该往那边打个电话？把老太太的死讯告诉他们。老太太此刻静静地躺在旁边的屋子里，如果没人动她，她想必会就这样一直躺下去。她听见，有什么又在“嗡嗡”地响。她一直不明白是什么在响，她觉着是不是楼上卫生间的电淋浴器在响，她刚才上去了一趟，发现声音不在那地方。这会儿她明白是自己的脑子里在响，那响声是她早上发现老太太死在床上时“嗡”的一声响开的。她现在不知道下一步该怎么办。

“要不要往那边打个电话?”她问自己。

这时候电话忽然又响了，把她吓了一跳。

她用一只手压住自己的胸口。

“抽时间过来一趟。”电话里的声音像是特别遥远，又是那个女的。

她没说什么就又把电话放下了，她实在是想不起这个打电话的女人会是谁。在这九年中，有时候会有电话打过来找老太太，都是当年和老太太一起教过书的老教员。她们也都老了，七老八十了，都上不了楼了。有的还在染头发，但都染得马马虎虎，把白白的头发根都露在外边。老太太的同事们也都老了，能上楼也不想上。有时候老太太还会出去和那些七老八十的老头儿老太太聚一下，也仅限于喝杯茶，在街心公园的那个小湖边，茶座就在卖茶的那个小房子旁边。老头老太太一般都喜欢去那种地方。每逢聚会，老太太都会让她搀着上楼下楼，每上一层都要歇上老半天，下楼的时候会好那么一点，但也气喘吁吁。

这时候电话又响了，她站起来，看着电话，好像一下子看到了电话那头，很远的地方，那个叫新西兰的地方，感觉中是一大片绿的地方。她对自己说，如果是那边的电话就说是老太太还在睡觉。

电话又是那个女人打过来的，她弄不明白这个女人会是谁。

是不是又要来一次聚会？她把电话放下来了。

电话放下来的时候她听见那个女人在电话里又说，“过来试一下就行。”

她动手收拾起自己的那些东西已经是下午的事，她把两只箱里的东西都取了出来，离上次打开箱子取东西已经很长很长时间了。她也不知道自己为什么要收拾自己的东西。要是这家的老太太还活着一定会过来问她想做什么。她把箱里的东西取出来再放进去，东西忽然放不下了，好像是一下子多出了什么。她从来都是把自己的东西收拾得有条有理，但现在一切都乱了。她没有一点点主意，放在箱里的旧衣服忽然怎么也叠不好了，刚才她突然觉得自己是不是产生了错觉，老太太是不是没事？是不是还活着，就又轻手轻脚过去了一下，老太太还是那样子，脸朝一边歪着，嘴微微张着。要是没人动她，她会一直这样待下去。她站在那里，弯着点腰，看着老太太，老太太的枕头上绣着一朵很大的向日葵，黄黄的，她知道那枕头不是老太太的，是老太太孙女上大学时用过的，她喜欢，就一直枕着它。她看着老太太那张脸，还有那被压住一半的向日葵，她回过身，把五屉柜上蒙在电风扇上的那块白纱巾慢慢取了下来，白纱巾上没一点点灰尘，挺干净，她就用这块白纱巾把老太太的脸给蒙了起来。

接下来，她吃了一点点东西，就是早上给老太太做的麦片，她吃了一点，然后就上了楼。她忽然不想再待在楼下，过了一会儿她又下了一次楼，把老太太的那间屋门给关了起来。她希望这时候有电话打过来，最好是从那边打过来，她想好了，只要那边这时候把电话打过来，她就会把老太太的死讯马上告诉他们，他们也许会很快就从新西兰那边赶回来。但她也想好了，要是那边不打电话过来，她也不会把电话打过去，虽然她知道那边的电话号码，但她不知道自己打过电话之后将会发生什么事，但她可以肯定自己不会再继续住在这里。自己到时候要搬到什么地方去住？或去什么地方再重新找事做？她过去，趴在窗口朝外看了看，对面楼顶白花花的。

她回头又看了看自己这间屋的门，她走过去，轻轻把门关上。

一天过去了，两天过去了，三天过去了。到第四天的时候她不得不找了些胶带纸把老太太那间屋的门缝封了起来，那种味道实在是太难闻了，但味道是封不住的，她只好重新打开门把老太太屋子的那扇窗户打开。老太太还那样躺着，当然她只能那样躺着，如果没人动她的话，她只能一动不动脸上蒙着那块白纱那样躺着。她绕过床，踮着脚把窗子打开，又马上踮着脚从这间屋子出去，然后又把老太太的门缝用胶带纸封了一下，这样一来味道小了一些，再说她也像是习惯了。在这四天里，她又接到那个女的打来的电话，现在是，她只要一听到是那个女的就会把电话放下。这四天，她一次门都没出过，也不见有人来敲门，整整九年了，上门的人除了收电费、水费和煤气费的她几乎就没见过别人。整整四天，她一直待在楼上，有时候会下来找点吃的，厨房里有方便面，还有点心，点心都放硬了。她看了看冰箱，里边有元宵，那种袋装的，还有温州人腌的那种雪白雪白的小萝卜，这种小萝卜原来是粉红色的，一旦腌成白的，味道就酸酸的很好吃。老太太很喜欢吃这萝卜，用一点点瘦肉切成丁儿，再把这种萝卜也切成丁儿放在一起炒，是一道吃米饭的好菜。她总是把要拿的东西从冰箱里一取出来就马上急慌慌离开厨房，上楼的时候心里又总是“怦怦”乱跳，好像做了什么坏事。其实她现在没什么食欲，一点点都没有。有时候她会下楼去厨房烧一壶水，水壶坐在煤气灶上她往往会把这档子事忘掉，当水壶猛地叫起来的时候她又会被吓一大跳。

电话是第五天打过来的，从遥远的新西兰，打电话的是老太太的儿子。

接电话的时候，她的心“怦怦”乱跳，她用手按着那地方，到了嘴边的话又咽了回去。

“睡着了。”她说。

“那就让她睡吧。”老太太的儿子在电话里说，“咱们那边下雪没？”

她朝外望了一下，对面屋顶上的雪已经不见了。

“身体怎么样？”

她听见自己在说：“很好。”

电话里又说了话：“牙镶得合适不合适？”

她的脑子忽然亮了一下，忽然想起那个女人无数次打过来的电话。

“怎么样？”

她忍不住“啊”了一声。

电话里老太太的儿子说老太太是该再镶口牙了。

“谢谢你带她出去镶牙。”老太太的儿子又说。

她不知道该说什么，又说，“身体挺好。”

“那台电视，楼上那台电视。”电话里老太太的儿子说：“你可能和老太太看不到一块儿去，你看楼上那台电视吧，各看各的。”

老太太的儿子最后又说打电话就是想问问镶牙的事，牙镶得合适就好。又说，这边看牙医要花很多的钱。这时候她听见电话里有什么叫了一声，声音很尖。

是狗。她知道他们在那边养了一条狗。她还看过那张狗的照片，黑的。

她对电话那边老太太的儿子说：“身体挺好，放心吧。”

这么说话的时候她的另一只手用力按着自己胸口那地方，好像马上就要透不过气来了。

“它一点儿也不脏。”

她不知道电话里这句话是对她说还是对站在那边电话旁的人说，是在说狗还是说人。电话里又有人说了句什么，声音很含糊。

这天她下楼去了一次，她径直去了那家小镶牙馆，她想起来了，她把老太太那口亮晶晶的假牙取了回来。她对镶牙馆的那个女牙医说老太太这几天下不了楼，她会把假牙先拿回去让她试试，有什么不合适再拿回来。女牙医说她们可以出诊，“有时候给躺在床上不能动的老人镶牙我们都出诊。”从镶牙馆出来，她路过那家卖面包的小铺子，她喜欢吃那种最便宜的面包，那种面包总是十个连成一片地卖，有那么点酸味儿。她买面包的时候，卖面包的年轻人正把一个面包掰开让另一个顾客闻，并且很生气地说里边的果酱都是鲜货！谁可能用过期的果酱做面包！她看不清玻璃后面卖面包的那张愤怒的脸，玻璃的反光很厉害，她只能在玻璃上看到自己，她就那么看了一会儿自己。她算了一下，要是老太太和她一起吃这十个面包，她们可能要连续吃五天，但现在只有她自己。

从外边回来，她踮着脚去了老太太那间屋，但她没有进去，老太太的屋门还被胶带纸封着，所以她现在闻不到任何味儿。她把那副假牙用一块儿黄绸子包了包，那块儿黄绸子是从礼品盒子里取下来的，这会儿终于派上了用场。她把那副假牙仔细包好，然后把它轻轻放在了老太太那间屋的门口，远远看过去，是那么黄黄的一小块儿。很长时间，它就一直被放在那间屋的门口。从楼上下来去厨房的时候，她总会朝那边看一眼，然后急急走开。她现在是吃在上边住也在上边，平时很少下来，下边这一层除了厨房，地板上都已经蒙上了很厚的一层灰尘。

再有一次，已经快到秋天了，那边又打来了电话。

“身体挺好，老太太和老同事们聚会去了。”

她的手抖个不停，胸口那地方又好像要透不过气来了，她正想再说句什么，那边已经挂了电话。

疼痛都在看不见的地方

怎么说呢，到了傍晚，天上都是云，其中有一大块云特别的黑，像是马上就要从天上掉下来。如果真要掉下来，像块铁一样，街上那么多人怎么办？但云毕竟不是铁，再黑也不是铁。李小奇闻了一下自己右手的食指和拇指，又闻了一下，在心里骂了一声，但他在心里马上又说，也许这事与赵丽没一点点关系。李小奇是去年认识的赵丽，就是这个赵丽，让李小奇有一种优越感，让他觉着自己现在已经是一个很成熟的男人。而最近的情况一下子变了，他想自己那地方又痒又红肿可能与赵丽有关。

因为要下雨，天很快就黑了下来。李小奇觉得自己应该先吃点东西，李小奇和父母不住在一起，他总是星期六日才回一趟家，和父母吃吃饭说说话。李小奇想吃过饭好好睡一觉，后半夜再起来看世界杯，看世界杯的时候可以再喝点酒。但睡觉之前最重要的事情就是吃药。一想到吃那种药，那地方就像是又马上难受了起来，他已经很长时间不敢往那边想了，更不敢想去做那种事，他是太热爱那种事了，那是许多年轻人的共同癖好，根本就让人无法摆脱的爱好。

李小奇探头朝下边看了一下车，自己的车就停在那棵树下，夏天像是过得太快了，但那棵树上还有零零星星的白花。“该擦车了。”李小奇站到了卫生间的大镜子前，裤子脱下来后，他就那么站着，叉着腿，裤子一直褪到膝盖以下，还有他的白色短裤。他转过脸朝窗子外看了看，对面根本就没有人，要是有人想往这边看，非得有望远镜才行。

李小奇住在最高一层，站在这里，他也只能看到对面最高的那层，要是下雨，那些红瓦片会一下子突然变亮，颜色也会变得深浓起来。李小奇把那条雪白的毛巾拿起来看了一下，他欠着脚，用一只手把水撩到那地方，打了一点点香皂，然后用水冲了冲。他把毛巾拿过来，看了看，又扔回到架上去。这时候有鸽子从窗外一掠而过，又“哗哗哗”落下来，李小奇的晒台上现在都是白花花的鸽子屎。

对赵丽来说，这一天真够倒霉，她是在洗澡的时候才敢哭出来，因为她是站在喷头下边，所以不会有人看出她是在哭，赵丽让水不停在从头上淋下来，淋在自己的脸上，淋在自己的身上，别的人都各自洗着自己的澡，没人注意赵丽，更不会有人注意到她的身体有什么变化，其实她的身体根本就没什么变化，那地方的微小变化也只有她自己知道，那地方，那一小片儿，现在已经不再火辣辣地疼，但如果弯下腰来仔细看，会看到那地方不但光光的，还有些红肿，但谁又会弯下腰朝别人的那地方看，即使赵丽自己，也不会总是弯下腰看自己那地方。她也不希望别人看，那地方不是让人看的，那地方的疼也是不能对人说的。

“是不是那个来啦?”张姐的声音从满头的泡沫里发出。

“没事。”赵丽说。

张姐头上的泡沫从头上移下来，滑过肩部，又漫过肚子，脚下，一直到地漏，地漏那里已经堆起很高一大团泡沫。她又问了一声：“你是不是肚子难受?”

“没事。”赵丽又说。

“你怎么没带洗澡的东西?”张姐问赵丽。

赵丽想对张姐说说李小奇的事，但没说。

“没关系，用我的。”张姐把自己的递了过来。

早上，李小奇打电话过来的时候，赵丽和往常一样，先匆匆忙忙检查了一下自己口袋里的钱，那点钱足够她和李小奇吃饭了，她和李小奇吃饭从来都是她来买单，然后，她找了个借口，对头儿说上午要出去给家里办点事，中午以后肯定会回来，赵丽的头儿很年轻，还没结过婚，人长得又瘦又小，虽然满脸不高兴，但还是答应让她出去。“早点儿。”

赵丽不知道李小奇会带自己去什么地方？新闻宾馆可真是一个安静的好地方，门口还种了不少芍药，只不过现在芍药已经开谢了，但赵丽还是记住了那些芍药都是粉色的。或者就去那条河边，那地方有许多树和许多隐蔽的地方。那一次，赵丽发现有人在看他们，那时候他们已经开始了，那个人就站在离他们不远的地方，不是站，而是蹲在一块石头上。

赵丽小声对李小奇说："李小奇，李小奇。"

李小奇抱着赵丽的腰，因为有树遮着，那人没发现李小奇和赵丽也在看他。李小奇小声对赵丽说："别怕，信不信我都敢大声叫出来，大喊一声让他滚。"

从第一次到现在，赵丽都特别依恋李小奇，也特别听李小奇的话，虽然赵丽在心里明白李小奇根本就不会娶自己，虽然李小奇现在也还没成家，但赵丽希望李小奇说话算话能帮自己找一份工作。整整三年，自从毕业后赵丽一直东奔西走想为自己找一份儿事做。到后来，几乎是什么事都愿意做，但就是什么事都找不到，后来她就开始做现在的这份工作，她得往家里寄钱，给她的母亲，直到现在，她都说不清那孩子是谁的孩子。虽然李小奇不停地说能帮她找件事做做，赵丽也知道李小奇认识的人也特别多，但李小奇说这种事得瞅机会。

李小奇还仔细看过赵丽的毕业证。"怎么会是四年？"

李小奇居然会不知道医学专业要整整读四年。

上午，李小奇来接赵丽，脸色很不好，但赵丽没太留意。

赵丽晚上睡得太晚，所以直到李小奇来接她她还有些迷迷糊糊，再说李小奇一旦穿上他上班的时候必须穿的那身衣服就显得像是不高兴，所以赵丽也没觉出什么不对头。车上了高速后，李小奇一直不说话，脸色更加难看，但他的手突然有了动静。也就是说，李小奇把手一下子怒气冲冲伸进了赵丽的裙子下边，先是从下边伸了进去，然后抽出来，又从上边把手一下子伸了进去。这时候车仍然开得很快，这让赵丽有些担心，她两眼看着前边，却感觉到李小奇的手在自己那地方抓，抓着抓着就把他想抓的东西抓到了，用他的食指和拇指。赵丽能感觉到李小奇的食指和拇指合拢了，用力了，捏在一起了，然后猛地一使劲，赵丽就尖叫了起来，那种突然而至的疼痛从那地方马上传遍了全身，她感觉到自己的头发都竖了起来。紧接着，李小奇又来了一下，又来了一下，李小奇的神情让赵丽不敢有丝毫反抗。赵丽看着李小奇，她被李小奇的行为吓住了，她想不到他会这样，为什么？怎么会这样？怎么会让自己这么疼！疼痛有时候是能把一个人镇住的，赵丽就被来自那地方的疼痛给镇住了。她当时只感觉着李小奇的手，伸在自己那地方的手，食指和拇指，一下，又一下，一下又一下。赵丽可以看出李小奇是火得不能再火，车又开得很快，这就更吓住了赵丽。

赵丽就那么坐着，两腿微微张开着，她都不敢把腿合起来。

李小奇就这么在高速路上一手开车，一手放在赵丽的内裤里，一直到他那两个手指在赵丽的那地方再也找不到什么。一直到赵丽那地方火辣辣疼痛得像是着了火，好像是，那地方的整块儿皮都像被烙铁烫了一下，而且烫焦了，一旦重新有了知觉就只有疼痛存在。

赵丽不知道李小奇怎么了，或者他还要干什么，赵丽给吓坏了，那地方的疼痛加深了她的这种恐惧。直到车停下来，那是一片号称“湖滨别墅”的住宅楼，外部施工已经完了，这一阵子工人们都在里边忙，到处是白浆。李小奇把车停在了两楼之间，没人会注意为什么有人把车停在这里，工地东边有一家大饭店，去那里吃饭的人总喜欢把车停在这里，到了晚上，这地方的车密密麻麻。

“你说吧，你到底怎么回事？”李小奇对赵丽说。

赵丽不知道李小奇是什么意思。她看着李小奇，恐惧让她有点发抖，就像上学的时候老师指导她们解剖死人，她在那里浑身发抖，只好用手死死抓住什么，后来她才发现自己是死死抓着自己的另一只手。

李小奇点了一支烟，叼在嘴里，他把下边先松了一下，然后才把裤链拉开，这就足够了。

“你怎么说?”李小奇说。

“老天爷!”赵丽在心里叫了一声。

“你怎么说!”李小奇又说。

赵丽不知道自己该怎么说，她看着李小奇那地方。

这事让李小奇不能不火，李小奇从来都没到过那种地方，几乎是所有的男人没事都不愿去那种鬼地方。那种地方，一看就不是好人去的地方，虽说那只不过是一家医院，“男性医院”，那四个字很大，还给漆成了红色。李小奇从来都没想到过这种医院里边还有接诊员，都是很漂亮的女护士，她们要不是女护士又会是什么？还有茶水，接诊员让他坐下，然后端来了茶，就好像在家里一样，但那茶寡淡无味，没一点点意思。接诊员问李小奇要挂什么科的号，李小奇就不好意思起来，但他马上明白自己没必要不好意思，因为那位接诊员说“她明白了”。其实不是她明白，她那么问完全是为了有话说。这个医院是男科医院，这就说明了一切，然后李小奇就给带到了一上楼东边的那间诊室。诊室里没有病人，却有一大株龟背竹，老大一棵，几乎占去了屋子的一小半儿。几个大夫在那里嘻嘻哈哈。李小奇马上就被其中的一个大夫带到了里边的那间小一点的屋子。那个男大夫要比李小奇岁数大一些，手指上有戒指。他问李小奇什么地方难受。李小奇犹豫了一下，说是下边。男大夫就让李小奇自己动手。李小奇有些不好意思，但他马上差点儿就要叫出来，李小奇看着那个棉签从那地方进入到了自己，这是从来都没有过的事，棉签一进去就好长一大段，然后那棉签再被慢慢拉来。就是这么个过程。那个男大夫说最好把你老婆也带过来做一次检查。李小奇“嗯”了一声。那男大夫又说：“最近你不能做那种事。”李小奇又“嗯”了一声。“跟谁都不能做。”那大夫又说。

过了几天，李小奇又去那地方，那个男大夫已经认识李小奇了，把棉签递给他要他自己来。李小奇弯着腰自己来的时候外边进来了人。

“你好好儿再看看！”李小奇对赵丽说。

好一阵子，赵丽都在想着怎么开口，怎么解释。

李小奇说自己现在不得不请假待在家里，“总不能当着人不停地抓那地方。”

赵丽点点头，她想说这事不能埋怨自己，她总是劝李小奇用“杜蕾丝”，“杜蕾丝”挺好，吹大了，可以把半个西瓜都放在里边，是保鲜的好办法，苍蝇根本就飞不进去。赵丽总是用这种办法保存那些吃不了剩下的食品。

李小奇忽然把手放在了赵丽的头上，这吓了赵丽一跳，她把身子一下子缩了起来。赵丽的头发很好。李小奇的食指和拇指在赵丽的头发上滑来滑去，最终还是又放了下来。李小奇的手指在赵丽头发上滑来滑去的时候，赵丽就要叫出来了，赵丽在心里想李小奇要是真敢再动自己的头发，自己就……

其实赵丽根本就想不出自己能把李小奇怎么样。

“你怎么回事？”李小奇看着赵丽，“说，怎么回事？”

赵丽的脸朝车窗那边转过去，她摸索了一阵，却摸出了一支烟。但李小奇没有把打火机像往常那样递过来。打火机就在李小奇的手里，李小奇拿着打火机，看着赵丽的头发，心想要是自己把打火机打着，一下子凑过去，会是什么样，赵丽的头发会不会“嘭”的一下着起来，头发的燃烧应该是缓慢，还是飞快？

李小奇又用手摸了一下赵丽的头发，赵丽的身子又缩了一下。

“我让你弄得连看足球的心思都没了。”李小奇说。

赵丽的鼻子忽然有点酸，那孩子已经会说话了。

“你误了我看足球！”李小奇又说。

刚开赛那几天，只要一有机会赵丽就会溜到李小奇那里看足球，有时候他们一边看球一边在沙发上做事还一边喝酒。“我想许多人都会在这个时候做这种事。”李小奇说。有几次李小奇等着进球，把速度放到最慢，耐着性子，李小奇说只要阿根廷一射进去自己就也跟着来。赵丽觉得那真是一次太不好的经历。阿根廷一颗球都没进。而另一场球，赵丽输给李小奇一条中华烟。

赵丽打电话问李小奇在什么地方，这是下午的事。电话一打通，赵丽就给吓了一跳。李小奇在电话里大吼大叫，说这一回可给抓到了，李小奇在电话里问赵丽，猫是怎么爬到楼顶上来的？“妈的，这回可让我给抓住了！”赵丽当然不会知道猫是怎么爬上的楼，她对这些也不感兴趣，她对李小奇的鸽子也不感兴趣，她只想和李小奇马上和解。既然交往这么长时间了，既然李小奇还答应给自己找一份儿事做。赵丽已经去黑市买到了中华烟，有了香烟，赵丽心想那件事马上连带着球赛的事就会结束了。赵丽知道李小奇的事与自己无关，因为自己一点点事也没有，下午的时候，赵丽又请了假，说上午的急事还没有办完，下午必须再去一趟医院。

赵丽是开着车子去的李小奇那里，赵丽有一辆很小很小的车，她花了没几个钱买了这辆车，人们都笑话她这辆车，为了不让人们笑话，她干脆让人把这辆车装饰的花花绿绿。赵丽把车在那棵槐树下停好，上了楼，中间歇了一下，还没进到李小奇的家，赵丽就听到了有什么在李小奇的屋子里叫，不是一声一声地叫，而是拖长了声音，声音真是凄惨。

“什么声音?”赵丽问李小奇。

“进来!”李小奇满嘴酒气。

“怎么这声音?”赵丽说。

“又咬死我两只鸽子。”李小奇说。

那天李小奇对赵丽说过，说凶手是从天上飞下来的鹞子。

“只有鹞子才有可能做这种事。”李小奇说。

赵丽说自己不知道什么是鹞子。

李小奇说一般人都不知道什么是鹞子。

“你不说是鹞子?”赵丽说。

“你说它是怎么爬上来的?”李小奇说，“妈的!”

“是邻居的猫吧。”赵丽说。

“问题是它怎么上的楼顶?”李小奇说，“妈的!”

“那是什么东西?”赵丽换了鞋，她让自己装着已经没了什么事，装着上午什么事都没发生过，她要自己这样，虽然下边那地方还在隐隐作痛。赵丽又问，“那是什么?”她看到了地上的那一卷胶带纸，不是一卷，准确说应该是一个长桶状，那长桶状的东西这时候正在地上滚来滚去，那种难听的声音就是从那筒状的东西发出来的。赵丽马上看清了，看清了地板上的血，看清了桶状的一头儿露出来的猫头，还有那两只尖尖的猫耳朵，向外伸着的，还有两个血糊糊的猫瓜子，只不过那猫瓜子有些怪，是秃秃的两根棍，朝前伸着，血就是从那地方流出来，猫的哀号很瘆人。

李小奇跌跌撞撞进厨房去了，只一会儿。

李小奇把什么从厨房拿了过来让赵丽看，那是一堆用报纸包着的东西，赵丽不知道里边会是什么东西，也许就是那两只死鸽子，但又不像，两只鸽子不会是那么小的一个包，赵丽的牙齿忽然开始打战，她看清了报纸里边包着的两只血糊糊的东西，但她还是不明白那是什么。

李小奇说，你这么笨，猫爪子你都看不出。

赵丽一下子就跳了起来，她刚才还想晚上请李小奇吃饭。

这时候那个筒状的东西又惨叫着滚到另一边去了。

“你再怎么也不能把猫爪子给剁了！”赵丽听见自己尖叫了起来。

“它吃我的鸽子！”李小奇说。

赵丽好像看到了一只猫，一只没了两只爪子的猫在那里艰难地行走。

“你不应该。”赵丽说，“它是猫！”

李小奇用一根手指按着自己的太阳穴，说：“他妈的！鸽子呢？”

赵丽忽然不知道该说什么了。

“你来得正好。”李小奇说要赵丽帮一下忙。

赵丽不知道李小奇要自己帮什么忙，她误解成那事了，李小奇需要的时候总喜欢说“帮忙。”“帮一下忙。”李小奇要赵丽把那个纸筒状的东西，也就是那只被李小奇已经剁掉了两只前爪的猫按住。赵丽以为李小奇要放了它，要把缠在它身上的胶带纸一层层弄开。即使这样，这只猫以后还怎么生活？一只失去了两只前爪的猫今后将怎么生活？但赵丽突然又尖叫了起来。她明白了李小奇的用意，李小奇已经把那把斧子取了过来，他要赵丽把那只猫按住，他要把这只可怜的猫的两只后爪子也剁下来。

“你不能这么做。”赵丽的声音都变了。

“我自己也能来。”李小奇说。他看看沙发那边，他要取个沙发垫子，把猫头压住。

“李小奇！”赵丽又尖叫了一声。

李小奇一言不发把垫子取了过来。这时候赵丽已经跑到门口开始换鞋，她听见李小奇说：“我跟你说我跟你也没有完！”

李小奇看着赵丽，把垫子就那么拎着，用另一只手去探放在桌上的酒瓶。

赵丽从李小奇的屋子冲了出去，她听见李小奇在屋子里大声说：“我跟你们谁也没有个完！”赵丽慌慌忙忙下楼的时候头朝前倾着，这样不至于让自己一头栽下去。但她没有听到猫的再次惨叫，她停了一下，也许李小奇已经放过了那只猫。但就是李小奇放过了它，它往后的日子怎么过，她想自己应该不应该把那只猫要过来。这么想着，她觉着自己那地方又在隐隐作痛，她好像感觉到李小奇的那两个手指，食指和大拇指，已经永远停留在了自己那里。上了车，车里真是热得要命。赵丽用手按了按自己那地方，那地方太隐秘了，疼痛的感觉原来还那么厉害。但这是不能对任何人说的疼痛。

赵丽把两边的玻璃摇下来，车往外开的时候赵丽要自己死了那份儿心，有比工作更重要的事情，工作在这会儿不算那么重要了。她觉得自己是不是应该先去买一瓶风油精。赵丽开着车子出了李小奇住的院子，这年春天，赵丽还很想在这附近租套房子，租套有电视、洗衣机和冰箱的房子。那时候李小奇说他要戒酒，但李小奇戒酒不戒酒又和自己有什么关系。

车上了路，赵丽让自己在心里好好想想风油精的事。那种“红花牌”的。

赵丽把那只手从自己那地方慢慢抽出来。有人在街边跳街舞，音乐很刺耳。赵丽觉得自己的脸上凉凉的，她用手在自己脸上抹了一把，低头的时候，她发现自己的衣服上已经湿了一片。

澡堂就不是游泳的地方

其实这件事就该怨老赵，但现在无论是谁，都无法再埋怨老赵了，人们往那辆白色救护车上抬老赵的时候老赵已经不行了，人们都知道那辆救护车完全是为了例行公事。出了那样的事，是没法不让人们知道的。从那以后，小莱就总是问胡兵他们那天在澡堂里边到底发生了什么？三个多月过去了，这一直是胡兵和小莱之间争吵的话题，虽然他们的争吵没那么厉害，虽然胡兵对小莱解释过不知道有多少遍，这连他自己都烦了，怎么说呢，他们当时确确实实是在洗澡，大家先是在一个热水池子里泡了一会儿，然后就到了旁边的温水池。当时老赵拍拍身子说他想在池子里游一下，一边说一边就马上大张着嘴仰游了起来，从这边游到那边，也只不过是挥儿下胳膊，人们接着就看见他往水底下沉，都还以为他是在玩儿什么新鲜花样，过了一会儿，大家才知道是出事了。

“就这么回事！”胡兵对小莱说，“我们根本就没做别的什么事！”

那天洗澡马东也在，胡兵说马东可以为自己作证，马东既是小莱的同学，又是胡兵和小莱的婚姻介绍人。其实小莱从一开始就比较相信胡兵的话，但他们之间的问题并不出在这里。小莱对胡兵说也许是自己脑子里有什么事了，总是在想入非非，但她又不能不让自己想，小莱说这不是她的错，说来说去澡堂根本就不是可以让人们游泳的地方，全世界可能没多少人会相信澡堂可以游泳，谁在澡堂游泳？

那一阵子，胡兵和小莱很想要孩子，为此胡兵还戒了酒，即使和朋友出去，也只喝一点点，然后就坐在一边看别人喝。出事后的那天下午，胡兵抱了好大一纸袋子绿皮荔枝兴冲冲从外边回来，倒好像他真做了什么不好的事。他和小莱上了南边的阳台，从阳台上可以看到对面楼顶上落了一只布谷，孤孤零零的就那么一只，在那里叫叫停停，布谷不叫的时候简直就像是只鸽子，只有在它啼叫的时候人们才会明白它原来是只布谷。

胡兵给小莱剥了荔枝，剥好的荔枝一颗一颗很像水晶球，胡兵把它们都放在一个白瓷盘子里，但很快他发现小莱只吃她自己剥的。到后来，胡兵只好自己把自己剥好的荔枝全部吃掉，他边吃边把荔枝核儿吐到阳台下边去，“啪、啪”的声音从下边传上来，下边是楼下那家人家的遮阳篷。到了这天晚上，问题就更加严重了，从结婚以来胡兵和小莱几乎是夜夜都要来那么一下，但胡兵那天晚上没办法进入，小莱不但不配合而且还把自己夹得紧紧的，到后来他只好从小莱身上下来。

“我跟你说我什么也没做。”胡兵愤愤地说。

胡兵去卫生间待了一会儿，上床的时候又对小莱说，“我什么也没做!”

从结婚以来胡兵和小莱一直都是相拥而睡，但从那天开始小莱不再跟他抱在一起睡，而且很怕胡兵进入，包括胡兵的手。那天，小莱突然问胡兵，“澡堂里怎么就会把一个人淹死?”胡兵的两只眼马上离开了电视，看着小莱，说，“这事不是已经很清楚了，怎么还要问？是老赵自己的心脏病要了他自己的命！”小莱看着胡兵，说，“洗澡不会给一个人的心脏增加太多的负担吧。”胡兵说，“问题是老赵要在水里瞎扑腾，其实那种瞎扑腾挺费劲。”小莱看着另一边，那边有什么东西亮晶晶的，是那把咖啡壶，胡兵那几天特别勤快，把家里的东西都擦拭得很亮，几乎把所有的东西都擦拭了一遍。

胡兵把手又朝小莱伸了过去，小莱把身子往旁边扭了一下。

“告诉你我们什么都没做！”胡兵跳起来大声说，又说，“要是做，自己也会戴个套儿。”胡兵马上就觉得自己这话说错了。

胡兵明白自己的生活进入了一个说不清的阶段，他察觉小莱厌恶自己的身体，晚上睡觉的时候，只要翻身靠近小莱一点，小莱就会把身子马上躲开。

胡兵对小莱不止一次大声说：“跟你说我没做就是没做！”

小莱说自己也不想这样，但一想那件事自己就不行了，澡堂根本就不是游泳的地方！

胡兵有晚上吸烟的习惯，他问小莱：“是什么样的不行？”

“不行就是不行。”小莱说。

胡兵把一条腿跷了起来，“试一下？”

小莱都已经把身体慢慢打开了，但马上又蜷作一团，说自己真是不行，一想到澡堂根本就不是游泳的地方就不行了。

“你怎么总往那边想，”胡兵说：“你这是不是洁癖！”

小莱说这不是洁癖不洁癖的事！自己也很想让自己相信他什么也没做。

胡兵无话可说，他把手里的烟拿远了，烟在暗处一闪一闪，他想自己是不是应该强行来那么一次，说什么也不能再这么下去了，都三个多月了，也许强行来那么一次一切就都过去了，他实在是太想进入，从他还没结婚的时候他就那么进入惯了，那已经是他生活的一部分，就像是吃饭。但他现在只能是想想，抽完了那根烟，他又躺下，他的右胳膊让床微微有点颤。

胡兵知道小莱还没睡，就对小莱说："最讨厌的就是人们都以为一到了澡堂就要做那种事！"胡兵停停又说："最讨厌的就是人们都喜欢对这种事添油加醋！"

"澡堂总不是游泳的地方吧！"小莱说。

胡兵希望这件事很快有个结束，但他好像看不到结束的迹象。

但事情终于好像有转机了，马东这天给胡兵出了个主意，马东说，"这种事暂时换一下环境最好，这种事只要两口子做一下就顺过来了，不少人都碰到过这种事。"

马东说话的时候胡兵的两眼正看着另一边，那边一个很漂亮的小姐正在做头发，给她做头发的是个挺瘦的小伙子，他正用夹板一样的东西一下一下往直了拉那位小姐的头发，嘴里还咬了两只绿塑料发卡，小姐的头发很长，给染成了浅棕色。胡兵和马东都知道这是个小姐，他们一眼就看出她是个小姐，因为胡兵和马东刚刚洗完澡，他们这时正坐在大厅的玻璃茶几旁边喝茶。这时候忽然从外边进来了五六个高中生模样的年轻人，长得是一个比一个帅。这几天天气是忽然一下子就热了起来，这五六个高中生都穿着漂亮的T恤，他们去换鞋的时候又有两个小姐从里边走了出来，是快到吃中午饭的时候了，她们大概是要去吃午饭，那五六个学生马上都盯着这两个小姐看，有一个学生还跟着往外走，出了门，看了一下，又回来，手很快抓了一下裤子那地方。那几个学生马上都嘻嘻哈哈起来。

胡兵和马东不知道他们在嘻嘻哈哈什么。

“帐篷！”胡兵和马东都听见那几个学生说。

马东对胡兵说，“别看他们的岁数，也许连一个处男都不会有。”

胡兵说，“我没结婚的时候也已经不是了。”

马东看了一下胡兵，“那不太一样，你那会儿都工作了。”

胡兵说自己现在和处男差不了多少。

“所以明天你一定去。”马东说自己马上就可以联系好，那边的朋友说了好几次了想让自己去，“咱们可以先去看一下教堂，那个小教堂据说在地图上都查得到，除此，一路还能看看桃花，桃花这种花总是开在杏花的后边，或者就是李花，明天就在那地方住一晚上，后天再回来。”

马东对胡兵说到时候就看你的了，“女人只要环境不同心情马上就会好起来。”

茶水有股子怪味儿，他们又喝了一会儿。一直到那个小姐做完了头发。

马东理发的时候胡兵就坐在那里翻一本印得很漂亮的发型杂志，上边的女人都不像是真的，因为她们都实在是太漂亮了。

胡兵翻杂志的时候听马东问了那个理发的小伙子一句：

“是不是刚才那小姐用过的梳子？”

理发的小伙子停了一下，没说什么。

“马上给我换一把！”马东大声说。

这天早晨，胡兵和小莱都起得很早，也许是太早了，他们都不太想吃早饭，最近他们连一点点食欲都没有。小莱在厨房里“哗哗哗哗”洗什么，胡兵过去看了一下，是一大堆小莱准备带出去给大家吃的西红柿，胡兵用手捏了其中的一个，说西红柿对男人的前列腺好。小莱没跟上说什么前列腺。洗完西红柿，她对着一进门的那面镜子去试衣服，一进门那两把椅子上马上是一大堆衣服。

小莱发现要穿的丝袜上破了一个很小的洞，胡兵正好点了一支烟在那里抽。

胡兵说小心点儿，别反而烫一个大窟窿。胡兵觉得自己是不是应该上阳台看看那只布谷还在不在，那只布谷几乎是叫了一夜。

“那只布谷在求偶。”胡兵对小莱说。

“什么?”小莱用三个手指撑着袜子，另一只手拿着胡兵的烟头儿。

“布谷鸟根本就和种地没关系，它那么叫是因为它在发情。”胡兵又说。

小莱把袜子弄好了，她总是那么弄，用烟头。

“不过它也许是白发情，如果这一带没有第二只布谷。”胡兵又说。

小莱挑好了衣服，她把一大堆衣服又抱了回去。有什么掉了下来，“啪”的一声，听声音像是扣子，滚了一下。

八点的时候，车来了，是两辆小车，胡兵和小莱比较喜欢那辆红的，马东和胡兵悄悄开了一个玩笑，说你和小莱坐在后边做什么都行，我装着看不见。胡兵没说什么，因为这时候小莱已经走了过来。胡兵没在车上做过，他打量后边的车座儿。

小莱说：“你看什么，挺干净的。”

胡兵说：“没看什么，是挺干净。”

“有些车就脏得不行。”小莱说。

胡兵说，“对，脏得都让人没法坐。”

因为修路，胡兵他们先开着车子绕了一下，先朝南上了四环然后再朝北，那个小镇子在城市的北边。两辆车开去开来到了那个小镇已经过了中午了，中间他们还停下车吃了西红柿，西红柿好像一下子变得很好吃，人人都抢着吃。这八个人里边包括胡兵和小莱，还有马东和他的媳妇，还有小乔、老高和李建，李建带了一个姑娘。人们都知道李建已经结了婚，李建和那个姑娘一说话，大家马上就明白是怎么回事了，但这种事现在不算什么。

“他们是同事。”胡兵对小莱说。

小莱说，“什么意思？”

“没什么意思。”胡兵说。

小莱看着胡兵。

两辆车开到地方已经过了吃中午饭的时候，中午这顿饭真是很丰盛，菜上了很多，吃都吃不了，酒有两种，低度白酒和葡萄酒。小莱发现胡兵也喝了一些白的。胡兵很长时间已经不喝酒了，胡兵喝酒的时候看了小莱一眼。小莱没说话。

吃饭中间，人们还站起来出去看了一回饭店后院的火鸡，因为它们的叫声实在是太与众不同了，让人耳朵发麻。人们都没见过火鸡，火鸡根本就不是这地方的鸡，所以他们都出去看了一下。胡兵和小莱都想不到火鸡会有那么大，鸡冠的颜色居然会变，一会儿发紫，一会儿发蓝，一会儿拉长，一会缩短，滑稽得很。那只总是让翅膀发出“沙沙沙沙、沙沙沙沙”声响的雄性火鸡一直火气十足，不停地追逐另一只母火鸡，当它终于跳到另一只母火鸡的身上时，胡兵忍不住握了一下小莱的手，那只雄火鸡在母火鸡身上使劲的时候，翅膀再次“沙沙沙沙、沙沙沙沙”，胡兵又用力握了一下小莱的手。

“火鸡挺有意思。”吃完饭上车，胡兵对马东说。

“吐绶鸡。”马东说。

胡兵说火鸡居然把翅膀搞得那么响。

“翅膀？”马东说。

“不那么‘沙沙沙沙、沙沙沙沙’动翅膀它根本就使不上劲。”胡兵说。

马东听懂了，笑了一下。

“沙沙沙沙！”胡兵说。

“那是它们的语言！”马东说。

“要是人这样就好了。”胡兵说到时候每个男人背后都长两只翅膀。

“到什么时候？”马东笑着说。

“还能到什么时候，反正不是飞翔的时候！”胡兵说。

胡兵这么一说小莱也笑了，她好长时间都没笑过了，她在一个电影里看到过这种画面，好像是一部美国电影，那里边的男主人公就长了一对翅膀，并且能把翅膀收得紧紧的，外边还要穿衣服，但那部电影不怎么好看，只不过是好玩儿而已。

这时候胡兵想起了胡子，早晨他忘了这事，他知道马东车上有。

胡兵一边用手摸一边刮，马东点了一支烟，他从倒车镜里看胡兵，胡兵一边的腮帮子鼓着，脸像是有些变形。马东忽然对小莱说起聚会的事，说下个月也许同学们要来一个聚会，说话的时候，他们都已经从车里看到了那个教堂，教堂在很高的地方，远远就能让人看到。胡兵把车窗玻璃摇了下来，车窗玻璃一摇下来，草的味道就全进来了。

上坡的时候，胡兵一直拉着小莱。那小教堂是砖砌的，现在只剩下一个高高的钟楼，上边有许多鸽子拉的粪，太多了，白花花的都有些晃眼。

胡兵问小莱，要不要去那边方便一下，胡兵把手里的那罐啤酒打开了。

“砰——！”

到了农场的时候，天都快黑了。让胡兵和小莱想不到的是那个农场居然在山里。他们的车在山上迷了一会儿路，只迷了一会儿，然后就有人开着车过来给他们带路，这样一来，是三辆车在山间的路上飞跑。坐在车里的胡兵和小莱很快就又看到了水，是山间的一条白亮亮的小溪，很窄的那么一道，然后又看到了拦在下边两山之间的那个坝，严格说那只能说是一堵很高的水泥墙。这时候，小莱又看到了牛，四五头奶牛，那种黑白花的奶牛，正在那里不知道吃什么。马上，房子也出现了，小溪这边两排，小溪对面又有两排，都是红砖砌的，所以显得很鲜亮。这时候，天已经暗了下去。接下来的那顿饭吃得并不怎么好，因为农场这边根本就没做什么准备，他们也许想根本就不会有人说来就来，谁肯来这种地方？来这种地方做什么？也没什么好吃的东西，也没什么好看的东西，而且到处都充满了牛粪的骚臭，遍地是牛屎，一般人说要来这地方也都是装装样子，根本就不会来。而一旦真有人来了，农场这边就会慌了手脚，不知道该给客人吃什么。

胡兵和小莱看到了那条狗，那条没见过这么多的人的狗此刻正被吓得浑身发抖。

“你看它抖得有多么厉害。”胡兵对小莱说。

“你说它敢不敢咬人?”小莱说。

胡兵一靠近那条狗，那条狗就龇出牙来，狗鼻子皱成一团。

这时候小莱身后的那个很高大的女人正在弯腰热一锅很稠的牛奶，热牛奶的锅放在一个四四方方的灶上，小莱小声对胡兵说：“我可不喝这种奶。”胡兵回头也看了一下那锅冒着热气的牛奶，觉得自己也不可能喝。胡兵觉得那锅牛奶真不怎么样，奶上边厚厚的一层不知道是什么，颜色有些不对头。

胡兵和小莱看那锅牛奶的时候，马东从那间屋里出来朝胡兵和小莱招手，要他俩进去吃西瓜。“瓜已经切好了。”

进那间屋的时候，胡兵被地上那一盆血糊糊的东西给吓了一跳，而且那一盆东西也太难闻了，又腥又臭。小莱也闻到了，但她没看到，胡兵有意用身子挡住她的视线。胡兵马上就断定了那是一盆牛的内脏，他又看了一眼，盆里是一大堆肺子，还有气管儿，气管的颜色要淡一些，盆子里相信可能还会有牛肝和牛心。

马东的朋友叫李新，是个漂亮小伙子，戴着眼镜，衬衫很白，是他开着车把马东他们接到农场的。后来胡兵和小莱才知道李新在区上工作，他是特意从区上跑回来接待马东他们。他告诉小莱那锅牛奶的事，说那锅牛奶是用来喂小牛的，这个农场的主要项目就是让奶牛生小牛，不停地生，不停地卖，因为离市里太远，这里的牛奶从来都不往外边卖。这时候有人抱了许多枯树枝堆在了院子里，并且马上就点着了，火一下冲起很高。

胡兵不知道点火干什么，小莱也不知道。人们都跑过去看火。

点火的那个人这时又端了一大盆子土豆过来，那是满满一大盆子土豆，胡兵忽然明白可能是要吃烤土豆，便对小莱说了一句："烤土豆挺好吃。"后来和胡兵一道来的那些人就围着火看烤土豆，直到小莱惊叫起来。

其实小莱惊叫的时候马东他们都已经看到了房子正前方坡下边的牛骨骸，整只牛的骨骸真是有些怕人，还有牛头骨，牛角还在上边，都堆在坡下边，而且不止一只，牛的骨骸上边还残留着一些干了的皮肉。胡兵跟着小莱过去，马上也都看到了，胡兵奇怪农场这边的人怎么不吃牛肉，怎么会把整只整只的死牛扔在这里让它慢慢烂掉？这可能是冬天的事，要是在夏天，可能谁也受不了牛肉腐烂的臭气。小莱再次惊叫的时候胡兵把小莱搂了起来。胡兵和小莱互相看了一下，胡兵说他也从来都没见过整只死牛就扔在那里让它慢慢腐烂。

“这时候回去不行了吧？”小莱小声说。

胡兵说可能不行了，都是山路，天眼看就要黑了。

“住一晚再回，说好了的。”马东在一边说。

小莱看着胡兵，想让他说句话。

“别，要不就白来了。”胡兵小声说。

在天快要黑下来的时候胡兵跟着马东去看了另一头死牛。那头死牛放在坡的另一边，像是刚刚死了没多长时间，牛皮已经被剥掉了，牛肚子里的内脏也已经被掏空了，但牛身上的肉却一点点都没动，这头被剥了皮的死牛就四脚朝天硬邦邦地躺在那里，看样子真是挺硬。让胡兵吃惊的是那条狗，太让人想象不到了，那条狗居然被拴在死牛的身上，一根链子决定了它和牛之间的关系，它被拴在牛的脖子上，它想走也走不开，看样子它很无奈，一动不动趴在那里，就趴在死牛跟前。看样子狗的主人是想让这条狗把这头牛给吃了，到时候吃不吃它都得吃，死牛就是它的一日三餐。胡兵忽然觉得那条狗真是可怜，被拴在比它大十多倍的死牛身上，被剥掉皮的死牛真是怕人。

“别对小莱说。”胡兵对马东说。

马东说：“你最好带小莱来看看，她一害怕就会钻到你怀里，到时候你推她都推不开。”

胡兵说自己快要窒息了，想吐都吐不出来了，“虽然还没有吃什么东西。”

开始吃饭的时候，那一盆牛杂碎给端上来的时候胡兵终于忍不住吐了起来，桌上的人目瞪口呆地都看着胡兵。李新说不吃东西空肚子喝酒就是容易吐，吃点牛杂碎就好了，“这牛杂碎挺香。”

李新这么一说胡兵就吐得更厉害。

“胡兵。”小莱说。

“我没事。”胡兵说。

牛奶最后给端上来的时候胡兵又吐了一回，把刚刚吃下去的那点儿东西全都给吐了出来。

“胡兵。”小莱一边给胡兵捶背一边又叫了一声胡兵，声音有点不一样的感觉。

“我得马上回去。”胡兵说。

小莱看着胡兵，她觉得胡兵是把自己想说的话说了出来。

胡兵说，“可能有什么地方不对劲了，也许该去一下医院。”

胡兵这么一说，不想回的人也不好再反对，再说，他们也都不太想在这种地方待下去。

“我得马上回。”胡兵又说，说自己实在是太难受了。

“太难受了！”胡兵说。

胡兵和小莱回到家的时候已经很晚了。小莱先去厨房想给胡兵做点吃的，小莱对胡兵说吃点东西压压可能会好一点儿。胡兵说还有没有西红柿？有西红柿就行。小莱看着胡兵，说你从来都没这样吐过，“我从来都没看你吐过。”

胡兵说反正现在也不在那个鬼地方了，告诉你也无妨。

小莱坐下来，把盘子端给胡兵，要他一边吃西红柿一边说。

“那么大的一头牛。”胡兵说。

小莱说奶牛都那么大。

“那是头死牛。”胡兵说想不到农场的人不吃牛肉，他们只要牛皮。

小莱说：“你是不是说那些死牛的骨骸。”

胡兵说他说的是另一头刚刚死的牛，被放在坡的另一边，像是刚刚给剥了皮，红彤彤的。

“我怎么没看到。”小莱说。

“因为在坡的另一边。”胡兵说，“你要是看了也许比我还要吐得厉害。”胡兵说：“马东也看到了，可怜的不是那条被剥了皮的牛，最让人可怜的是那条狗。”小莱说：“是不是咱们看到的那条？”胡兵说：“不是那条，是另外一条，那地方的狗我想不止一两条。”

胡兵说：“你想也想不到那条狗给拴在什么地方？”

小莱想知道胡兵说的那条狗给拴在什么地方。

胡兵说那条刚刚给剥了皮的牛就四脚朝天躺在坡那

边，那条狗就给拴在死牛的身上！问题不在于它什么时候想吃就可以吃一口，问题在于是它不想吃也得待在那里，和那条又腥又臭的死牛待在一起，一直到那头牛腐烂，也许那头牛腐烂了它都离不开，它都要给拴在那里。胡兵比画了一下：“牛那么大，狗这么大，让一条活狗和一头死牛待在一起，让一条活狗吃一头死牛！”

“狗给拴在剥了皮的死牛身上？”小莱有些不相信。

“用一根链子，就拴在死牛脖子这地方。”胡兵说。

“它跑不开？”小莱说。

“它下辈子也跑不开。”胡兵说。

小莱站了起来，她觉得真是有点恶心。

“你闻见没？”胡兵忽然说。

“什么？”小莱看着胡兵。

“臭味儿。”胡兵说。

胡兵这么一说小莱也像是闻到了一股难闻的味道，好像是那种他们已经熟悉了的臭味，是农场的臭味儿。接下来，是胡兵和小莱在屋子里用鼻子寻找臭味是从什么地方散发出来的，但他们找不到，接下来的事情是他们开始洗澡。胡兵说可能臭味就在咱们身上，胡兵这么一说，胡兵就和小莱互相闻了闻，但他们还是弄不清臭味儿究竟是从什么地方来的。

“咱们得好好儿洗一洗。”胡兵说。

胡兵和小莱的卫生间里只有一个喷头，他们的热水器已经用了近十年，胡兵总是担心它会跑电，所以洗澡的时候总是先要把电断掉。他们很少在一起洗澡，主要是没机会，说得准确一点是没时间。站在水龙头下边，胡兵说你闻闻我的头发是不是很臭？小莱说要是头发会染上臭味儿，那我要比你臭十倍。两只手洗头发的时候，胡兵发现自己下边有动静了，他把身子侧了一下，这么一来他就站在了小莱的身后。

小莱马上感觉到了，她有点儿紧张。

“你要是再吐了怎么办？”小莱说。

胡兵说不会，这时他已经把头上的泡沫儿都冲干净了，他觉得小莱这一次也许可以了。胡兵要小莱把身子朝前弯下去，胡兵能看见水花在小莱的背上变成一道道水流。胡兵用一只手帮着自己寻找的时候觉得自己已经找到了，他想好好儿享受一下这次进入，而就在这时小莱忽然挣了一下，把身子一下子蹲了下去。

“你到底想什么!”胡兵说，一下子就暴怒来。

“你们到底在澡堂做什么?”小莱紧紧抱着自己。

“你比那头牛还要臭!”胡兵说。

胡兵从卫生间一下子跳出去，胡兵光着身子去厨房给自己倒了杯茶，他让灯开着，他根本就不会再想有没有人在对面看，然后又光着身子坐在厅子里的沙发上。时间已经很晚了，胡兵要自己别开电视，胡兵要自己就那么坐着，那杯茶水凉了之后他又给自己重新倒了一杯，这时候他的耳朵开始倾听屋里小莱的动静。

小莱那边终于有动静了，她轻轻地走了过来，站在胡兵后边了，试探着把一只手放在了胡兵的肩上。

“我跟你说我们什么也没做!”胡兵说。

这一次，小莱没再说“澡堂不是游泳的地方”。

“真没做。”胡兵又说。

胡兵和小莱在床上躺了下来，这时候已经很晚了。胡兵抓紧了小莱的手腕，他想这一次进入之后就不会再有什么问题了，他想这一次自己应该做得特别好，但他想不到这一次自己居然还是没能进入，他找到地方了，那地方很润滑，很好。但小莱忽然又猛地把身子蜷了起来。

小莱大哭着说：

“澡堂就不是游泳的地方——”

金属哨

澡堂是可以让人们放松一下的地方，但蒙大立觉得吉东今天是不可能放松下来了，因为吉东从一进澡堂子开始就又不停地说吉西，蒙大立心想或者待会儿可以让吉东去找个按摩的，让他好好放松一下。蒙大立朝那边看了看，蒙大立知道这地方总是有新鲜货色。蒙大立对吉东说待会儿不行你就好好儿放松放松，别再想吉西的事好不好？池子里的水可真够热的，蒙大立和吉东好一会儿才把身子慢慢慢慢泡到水里，汗马上就出来了，吉东把洗澡的毛巾叠了叠放在脑袋后边，这样一来可以把两条腿伸展，可以躺得再舒服点，蒙大立也这样躺好了。

吉东忽然又坐起来，又开始说吉西的事。

“你别烦，我必须说。”吉东说。

“你说吧，我听着，我又没睡。”蒙大立说。

“我快让吉西给折腾死了！”吉东说。

“别生气。”蒙大立说。

吉东问蒙大立见没见过那种体育老师常用的金属哨子，一吹很响，很远的地方都不可能听不到的那种哨子。

“比这个还亮。”吉东吹了一个口哨。

蒙大立看看旁边，那几个年轻人，都汗津津的，每一块肌肉都很亮。

吉东又吹了一个，下嘴唇收回去，上嘴唇突出去，上嘴唇差一点就把下嘴唇包住了，只有这样，才能吹出很亮的口哨。

“真是太嘹亮了。”吉东说。

蒙大立说澡堂是有共鸣的，可以把声音放大。

“咝——”吉东又来了一下。

蒙大立又看看那边，那几小伙子也在看这边，有一个小伙子对着蒙大立笑了一下，牙真白。

“你不知道我现在有多么提心吊胆。”吉东说。

蒙大立看着吉东，不明白吉东是什么意思。

“这么下去我也许会被吉西折腾死。”吉东说。

“慢慢就会好了。”蒙大立说。

“他让我一天到晚提心吊胆，你不知道吉西这个鸡爪子这几天总是把走廊门开着。”吉东说，“如果有坏人一下子闯进去怎么办？”

蒙大立睁开了眼睛，明白这种事情的严重性。

“你猜吉西怎么说，吉西说只是为了换换空气，这个鸡爪子！”

“他居然敢把门开着。”蒙大立说。

“是啊，这个蠢猪鸡爪子。”吉东说，“要是真来一个坏人怎么办？”

蒙大立忽然笑了起来，撩了一下水，又撩了一下。

吉东说：“你笑什么？不可笑吧！问题是那边只有他一个人。”

蒙大立说谁说不可笑？要是来个坏人，一下子闯进去，到时候被吓坏的不是吉西也许是那个坏人！蒙大立这么一说吉东也跟着笑了起来，吉西的那只总是放在胸前的手实在是太像鸡爪子也太难看了。

“问题是吉西也没什么值钱东西。”蒙大立说，“所以你别担心。”

“那怎么能不担心，他一个人，要是我母亲还在就是另一说，他要是出了事，别人会怎么说，说他们的母亲刚刚去世吉西就完了。”吉东看着蒙大立，蒙大立的鼻子上都是汗，“问题是那套房子里就吉西一个人，我又不能和他住到一起去，我还有媳妇和孩子，他一个人在那边真要是出什么事也没人知道，他又坚决不打电话，尤其是晚上，他一个人。”吉东说那个电话其实没摔坏，又接上了。但鸡爪子吉西就是不打，问题是，再这么让人担心下去，好好的人也会给吉西折腾死。

“问题是我很担心他晚上出事，比如进个人什么的。”吉东看着蒙大立。

蒙大立看着吉东，想不出该怎么说。

“咝——”的一声，吉东又来了一下。

蒙大立说，“你这是第几次了？”

“你见过没见过那种哨子，金属的？”吉东说，“体育老师都用的那种哨子。”紧接着，吉东开始说吉西的事：“所以，我给他买了一个哨子。”

蒙大立来了精神，他坐了起来，想知道给吉西买哨子是怎么回事。

“你给吉西买了个哨子?”蒙大立说。

“就那种金属哨子。”吉东说。

“买哨子做什么?”蒙大立说。

“如果有什么事，吉西一吹我就知道了，既然他不肯打电话。”吉东说。

“这是个好主意。”蒙大立说。

“现在看来可不是什么好主意！糟透了！太糟透了！”吉东说。

这时候送茶的服务员来了，他手里拿着两杯茶，但吉东说他想喝啤酒，这个澡堂子居然可以让人们在洗澡的时候喝啤酒，那个服务员转身去取啤酒了，很快就把啤酒拿了过来。

“糟透了！”吉东说，“都是因为这个鸡爪子吉西，我耳朵里现在都是哨子的声音。”

“你没休息好。”蒙大立说。

吉东把眼睛闭住，“这不，又响开了。”

“是幻听吧?”蒙大立说。

“一闭上眼睛就来了。”吉东说。

“你还是没休息好。”蒙大立说。

“你听不听我说？”吉东接过了啤酒，大喝了一口，举了一下，对蒙大立说。

“问题是这次要不要录音？”蒙大立笑着说。

“你小心我把你那几张照片给你贴出去。”吉东说。

“说吧说吧，我听着。”蒙大立笑了，想起那几张照片了。

“糟透了！”吉东说，“我这辈子怎么会遇到这么个鸡爪子吉西！而且还是我的亲兄弟，不熟悉的人都以为他早死了。他七八岁的时候，我们的父亲，要他练习走路，也就是从这个床走到那个床，这么说，你会明白了吧。我和吉西住的那间屋子不算大，东西墙下各放了一张单人床，床与床之间也就是不到三米的距离。那时候，他睡一张床，我睡一张床，吉西练习了很长时间，从这张床走到那张床，其实不是走，而是从这张床扑腾到那张床，然后再从那张床扑腾着回到这张床，那真是一件让人心烦的事，‘卟嗵、卟嗵、卟嗵——卟嗵、卟嗵、卟嗵——’烦死人啦，但最后吉西还是放弃了。我们都明白吉西这辈子永远不会行走了，这不是练不练的事，是他根本就不可能会站起来走路，永远不可能。我们弟兄两个，我后来结了婚，家里就只剩下了他和母亲。我们的母亲，你也知道，前不久也离开了，那空荡荡的家里就剩下了吉西一个人。母亲临去世的时候，曾经对我说，‘别扔下吉西不管。’母亲还说，‘你们弟兄两个都是我的儿子，我知道你应该怎么对待吉西，让他活下去！’说这话时，母亲正躺在床上给吉西的一双鞋子上缝带子，因为吉西无论穿什么鞋子总是会掉，所以刚刚买来的鞋子也要缝两根带子。告诉你，多少年了，我母亲每天要做的第一件事就是要帮吉西把鞋子穿好，然后再把那两根带子打好结。直到现在，吉西还不会给鞋上的那两根带子打结，因为他根本就不学！现在他每天起来，穿好衣服就坐在那里，等着我过去给他打鞋带，我要不给他打鞋带，整整一天他都会坐在那里不动，这个造粪机器！”

“你让他学啊。系鞋带可太简单了。”蒙大立说。

“臭吉西！”吉东说，“臭吉西说他什么都会了我就不会管他了。”

“所以他就不学？”蒙大立忍不住笑了一下。

“妈的，我真希望发生点什么。”吉东说。

“喝吧。”蒙大立说，举了一下。

“问题是，许多健健康康的好人都去了另一个世界。”吉东说。

“起得早，不见得身体好。”蒙大立说。

“许多有用的人也都去了另一个世界。”吉东又说。

蒙大立看着吉东，知道吉东是有点酒意了，吉东其实没多少酒量。吉东家的事蒙大立不可能不知道，因为他们是很亲密的朋友。蒙大立知道吉西现在住的那座房子紧靠着城墙，所以上午十点以后才能见到太阳。那是吉东为吉西和母亲买的，那时候吉东还有办法，还掏得起这笔钱。那套房子在一层，有两间卧室，因为是一层，所以就不用爬楼梯。所以，吉西总是坐在阳台上就可以看到外面开的花，外面，他所能看到的，也只有那种不用去种就会到处生长的蜀葵，这种花会长得很高很高，花的颜色可真够多，白的、粉的、紫的、红的，花心发紫花瓣发白的那种最好看。吉西总是坐在那里看这种花，也只是看看花的上部，因为这种花特别能长，能长到一人高，所以他就能看到花了。除此，他看不到别的什么，其实他也不愿看到别的什么，他就是愿意也看不到，他会在心里数那些花，一朵，又开了一朵，又谢了一朵，又开了一朵，又谢了一朵。有时候还会看到麻雀，飞来飞去的麻雀，有时候就落在蜀葵上，一下一下啄那些花，他会在阳台里边发出“嘘——嘘——”的声音，他想把那些啄花的麻雀喊走，他的喊声会从“嘘——嘘——”变成大声地“去——！去——！”他还会动动那只总是放在胸前的手，那只手不动的时候真他妈像鸡爪子。但那些麻雀才不会理会他，麻雀根本就不会知道吉西的存在。吉西每天要做的事情就是，坐在那里等吉东过来送饭，母亲去世后的变化就是每天由吉东把饭送过来，吉东就住在前边的那栋楼。蒙大立还知道吉东最近刚刚找到了一份送快递的工作，所以吉东最近很忙。但吉西才不管吉东忙不忙呢，而且，吉西会动不动就生气，这最让吉东受不了。吉东认为应该动不动就生气的是自己而不是吉西，吉西根本就没有权利生气，像他那样的人有权利生气吗？但吉西确实是总在生气。那天吉西又不对劲了，原因是吉东带了一个人过来，吉东打算要给吉西安一部电话。

吉东对吉西说，“这样会方便些，有什么事打个电话我就会过来。”

那天吉西的嫂子也跟了过来。

“我不要！”

想不到吉西一下子就火了。

连那个安装电话的人都有些吃惊，不清楚坐在那里的这个怪物为什么发火。

“安个电话，有事打电话方便。”吉东又对吉西说。

“就这个号码，很好学。”嫂子也对吉西说。

吉西不再说话，那只手一动不动放在胸前，真他妈像鸡爪子。

“有了电话就太方便了。”吉东说。

吉西不说话，那只手仍放在胸前，鸡爪子。

“不管什么时候只要你一打电话我就会过来了。”吉东让自己别生气。

吉西还是不说话，吉东转过身，让自己别生气。

“他妈的！”吉东扬了一下手，“砰”的一声。

蒙大立还知道，隔天那个工人来了，给吉西那里安了电话，电话就放在床头那个小茶几上，吉西躺在床上伸手就能够着。蒙大立还知道，吉东的母亲去世后，吉东天天都要过到吉西这边两三趟，早晨过来是把窗子打开，中午过来是把饭送过来，而晚上过来是要把窗子再关上。这个小城，地处北方，到了春天常常会刮很大的黄风，现在人们习惯把这种黄风叫作“沙尘暴”。而这天的沙尘暴是突然而至，而且刮得很大，风从什么地方刮起，它要刮到什么地方去，根本就没人想知道，也没人关心。在刮沙尘暴的时候，人们最关心的应该就是把门窗关严。吉西坐在那里，听着刮风的声音，看着早上被吉东打开的窗子在风里一开一合一开一合，但他坐在那里一动不动，那只手放在胸前也一动不动。他本可以扶着他从小就扶的凳子过去把窗子关一下，那凳子是他的助行器，如果没了那个四条腿的凳子，吉西就不可能行动。他本可以扶着凳子过去把窗子关上，这对他来说很容易，只要他动，就可以把东边那间屋和西边那间屋子的窗子关上，但他不动，坐在那里不动。沙尘暴很大，把黄土和沙粒从外边吹进来，这些不知从什么地方飞来的沙尘落在桌上，落在床上，落在柜子上，落在屋子里的每个角落，仿佛这是一种艺术，它们落得是如此均匀而厚薄一致，屋子里的一切都在沙尘暴的作用下变了颜色，这包括吉西的头上和脸上，吉西在沙尘暴的作用下简直已经变成了一个土人。但吉西坐在那里一动不动，他可以去关窗，但他不动，他可以去打一个电话，让吉东过来处理这一切，但他就是不打，他就那样坐着，一直坐着，直到吉东的出现。

进门的时候，吉东用手扑打自己的头发。然后吉东就愣在那里，然后就发起火来。刮了一天的沙尘暴已经让屋子里完全变了模样，吉东看着土人一样的吉西。

“你怎么不关窗子！死人还是活人!”吉东大声说。

“我怕把窗子关坏了。”吉西说。

“那你怎么不打个电话，让我过来关。”吉东说。

“我不会。”吉西说。

“还有不会打电话的?”吉东觉得自己已经给气蒙了。

“你个废物，你个死人，你个造粪机器!”吉东气愤地说，吉东对蒙大立说过他们的父亲活着的时候就这么说吉西，吉东说“造粪机器”这个词放在吉西身上最恰当不过了，吉东就一连又说了几句，“造粪机器！造粪机器！造粪机器！你这个造粪机器!”吉东后来在不同场合把这件事对不少人说了，许多人都说吉西是不是脑子出了问题，他可以关窗子却不关，让沙尘暴直接吹到屋子里来，他想什么？他可以打电话却不打，他想什么？为了这件事，吉东真的很伤心，他总是担心吉西那里会发生什么事。母亲不在了，现在吉西毕竟是一个人，结果是，过了不久，紧接着又发生了一件事，那就是楼上的那家人的卫生间那天水龙头坏了，水漫了出来，把下边吉西的房子给淹了，水先是从天花板渗出来，然后再慢慢流下来，一开始是天花板的四边。然后是天花板的接缝处。吉西坐在那里，一动不动，那只手在胸前也一动不动，那只手在一动不动的时候像是筋给抽住了，大拇指朝上，另外四个手指朝下，猛看像个耙子之类的什么东西，其实更像是鸡爪子。吉西就那么一动不动看着水从上边流下来，时不时“啊”一声，时不时地再“啊”一声，“啊”的时候身子还会跟着抖一下。直到这些水从屋子里流出去，一直流到了院子里，一直流到了门外那个绿色的邮筒那边。这件事简直要把吉东给气疯了。吉东大声问吉西为什么不打电话？打个电话就不会是这样了。

吉东骂急了，吉西也被骂急了。吉西忽然大声对吉东说：

“我要是打电话，你就更不过来了！”

“你什么意思？”吉东说。

“到时候有什么事你打个电话就完事了！”吉西说。

“你说什么？”吉东说。

“要是我打电话，你就更不会过来了！”吉西像是比吉东还要气愤，还要激动，那只放在胸前的手在抖。

“你再说！”吉东说。

“你别尽想好事！”吉西又说，大声说。

吉东看着吉西，真想上去给他一拳，但吉东只是小的时候和吉西打过架，长大后就不再有这种事发生。气疯了的吉东忽然跳起来把电话线一下子扯断，把电话举过头顶摔在了床上。然后又去送他的快递了，那天他送快递送到很晚，有几个快递送错了地方。

“你听我对你说。”吉东对蒙大立说，“我真希望发生点什么，发生点什么。”

“别这么想。”蒙大立拍了一下吉东。

“发生一点什么就好了。”吉东说，“就什么都结束了。”

“别这么想。”蒙大立说，“人都可能有这种时候。”

“我迟早得给鸡爪子折磨死。”吉东说。

“要不要再来一瓶?”蒙大立说，“我看你还想喝。”

蒙大立喊了一声服务员，这里的服务员岁数都很大，但脚步轻盈。

蒙大立总是和吉东一块儿来这个大混堂泡澡，这个澡堂可以给人们提供酒水和自助餐，虽然这个大混堂里什么人都有，包括有一次有人在水里朝吉东把手伸过来，伸到不该伸的地方去，吉东一下子就勃起了，那天还有人在旁边大声地唱歌，那声音可真是嘹亮得吓人，但一点点都不好听，只是嘹亮而已。

“我真希望发生点什么。”吉东又说。

蒙大立找不出什么话，啤酒又来了，蒙大立喝了一口，吉东也跟着喝了一下。

“如果想让我整天守着他那不可能。”吉东说。

“这谁都理解，他就是你父亲也不可能，你还有工作。”蒙大立说。

“问题是吉西就希望有人整天守着他。”吉东说。

蒙大立看着吉东，觉得吉东真是够可怜的，“吉西要这么想脑子就有问题了。”

“他脑子是有问题了。”吉东说，“他拒绝打电话就是怕一旦有什么事打电话能解决我就不会再去了，你看看这家伙有多蠢!”吉东又说：“这个鸡爪子蠢猪！鸡爪子蠢猪!”

两个人就都笑起来，蒙大立看着吉东，“你真该好好睡一觉了。”

问题是，吉东还没睡着，蒙大立就又迷糊了，吉东和蒙大立都习惯在泡过澡后去休息厅躺一会儿，小歇一会儿再去搓澡。吉东又让服务员去给自己取了一瓶啤酒，吉东喝了一口，然后把蒙大立推醒了。

“你这么快就睡着了。”吉东说。

“我没睡，你说吧。”蒙大立迷迷糊糊地知道吉东又要了一瓶啤酒。

“那个鸡爪子蠢猪，你知道不知道，他把那把金属哨子不知道藏到什么地方了，你知道不知道鸡爪子蠢猪吉西昨天晚上吹了一晚上哨子，我要没收他的哨子！却不知道他把它藏到什么地方去了。”

蒙大立睁开了眼睛，他的手里还拿着他自己那瓶啤酒，瓶子里还有小半瓶，蒙大立喝了一口，说，“你这个鸡爪子吉西可真够乱的。”

“白天他不吹，晚上快十二点的时候他吹。”吉东说那时候自己都快要睡了，一听到吉西的哨子声就吓了一跳，以为家里进了贼了，就赶紧穿了衣服去了吉西那里。这是第一次，到了快两点多，鸡爪子吉西又把哨子吹响了，这一次把吉东吓得更够呛，吉东都以为肯定是有什么人已经用刀子顶住吉西了，吉东就赶紧再穿衣服，但他去了吉西那里，想不到鸡爪子吉西的火儿比他还大：“谁吹了，谁吹了，谁吹哨子了？”这可把吉东气得够呛，再一次听到哨子响天都快亮了，吉东的老婆说她怎么没听到，“你都折腾了一晚上了。”吉东的老婆说再这么下去可不行。

“到底吉西吹没吹？”蒙大立说。

吉东把瓶里的那点啤酒又喝光了，他决定再要一瓶。

“真希望发生点什么。”吉东说，朝那边招了一下手，那个服务员皱着眉头过来了，他知道这边这个吹口哨的人喝得差不多了，除非他酒量特别大，在澡堂里，没人这么喝的。

跋

外面下着小雨，从早上一直不停地下到现在，天已向晚，这是今年的第一场雨，所以照例应该算是春雨。杜工部之《春夜喜雨》“好雨知时节，当春乃发生”实际上是没话找话，其实他不这么说人人也都知道春雨的好。

春雨的好，第一好在谁都不会见到瓢泼般的春雨，也没有人见过春雨挟带着骇人的雷鸣闪电或龙卷风，春雨的动静总是很小，不知不觉就下来了，或者是，不知不觉湿遍了山川。所以，只“润物细无声”五个字，杜工部又是说得十分好。

在这样下着小雨的傍晚，我编着我的这本书名叫作《金属脖套》的短篇小说集，原想对集子里的小说说几句话，比如照例介绍一下其中的篇目，哪几篇发在哪里，或者是哪几篇因何而写。但忽然不想再说这些套话，是因为小说都已经摆在了这里，何不由读者诸君自己去读去想为好。

而忽然高兴起来的是，前几天与作家小友周朝军谈小说，说来说去，说去说来，竟是颇有契合，便忽然想到这本小说集何不请他出来说几句话，让他给这本集子作个序，以90后之眼看一下50后之小说，便是一件好玩而有意义的事。凡事一好玩儿，便会有真性情给玩出来，凡事一有意义，便不会再索然无味。而真正的文学艺术又是向来没有时空限制的，中国的小说会打动英国读者，阿根廷的小说会让中国人涕泪交流，语言和生活习惯或有不同，但人心是相通的，真正的作家又向来是没有一定的岁数的。比如曹雪芹要是忽然从地底下钻出来，洗洗脸刮刮胡子站在你面前，你也许不会叫他叔叔、大爷或曹爷，客气一点会叫他老师，亲切一点也许会叫他哥，作家向来应该是这样的，是平等的。所以，我这个跋写到此刻也竟然变得有意思起来，亦算是时有新致生发，所以，自己便先叫起好来。

是为跋。